エムブリヲ奇譚

山白朝子

角川文庫
19653

目次

エムブリヲ奇譚

一

庶民が社寺参詣《さんけい》や湯治へ出かけるようになったのはつい最近のことである。これまでは旅をするための街道というものが存在せず、細い道がとぎれとぎれにちらばっているだけだった。大きな戦《いくさ》がたえず、近隣の国同士がよくいさかいをおこしていたせいである。そのような状況で道を整備するのは自国の首をしめるのとおなじだった。道の整備は敵国の侵入を容易にするからだ。

すべての国が統一されて以降、今度は街道の整備が盛んになった。中央から各地へと伝令をとばすため、馬のはしりやすい道と、それを休ませる宿場が必要だった。国同士が大きな街道で結びつき、距離の目安のために一里塚がもうけられ、各地に宿場町が建設された。

次第に人の行き来が盛んになってくる。街道をつかうのは公用文書をたずさえた役人だけではなかった。世の中が安定し、農民や町民の生活が向上すると、街道をつかって遠方に出かける人々がふえた。彼らは、有名な神宮におまいりすることを一生に一度のたのしみとした。参詣のついでに、各地の名所めぐりや芝居見物、湯治といった目的もあった。何ヶ月もかけて徒歩で各地をまわり、人づてにしか聞いたことのなかった大海や社寺、めずらしい食べ物をたのしむようになった。

そこで売れるようになったのが「道中記」や「巡覧記」「名所記」といった旅本である。これらには、旅路の宿駅や距離、駄賃、関所、名所旧跡などについての説明が記されており、なかには宿屋の主人との接し方が書いてあるものまであった。ほとんどの者が旅行未経験者だったため、懇切丁寧に記しておかなくてはいけなかったのだ。それらは小型の冊子や折り本といったつくりになっており、携帯しやすくなっている。人々はそれを懐《ふところ》に入れて、道中にながめるというわけである。

和泉蠟庵《いずみろうあん》という男は、『道中旅鏡《どうちゆうたびかがみ》』という折り本を書いて小金をかせいでいた。細身で、年齢は不詳。女のように長い髪の毛を結いもせず、そのような格好の男はほかにいなかったから、彼が町にいると目立っていた。ちなみに和泉蠟庵という名前は、本を書くときの筆名であり、本名は別にあるらしいのだが、私が聞いても絶対に教えてくれなかった。

彼と話をするようになって何度目かに会ったとき、仕事はなにをしているのかと聞かれた。

「さがしている最中です」

「じゃあ、今度の旅につきあわないか」

彼は事情があって付き人に逃げられた直後で、かわりの荷物持ちの男を捜していたところだった。

「街道筋には追いはぎやスリがいる。山道にはおそろしい動物がいる。しかし男二人なら、多少は心強いはずだ」

旅の費用は版元が負担するというし、無事にもどってこられたら報酬も出るという。版元というのは、彼に本の執筆を依頼している商人のことである。版元が彼に旅をさせて、あらたな道中記を書かせようとしているのだ。仕事にこまっていた私は、彼の誘いをよろこんでひきうけた。

私の判断は間違っていた。和泉蠟庵と何度か旅をして、私はそのことをさとったのである。なぜ前の付き人が逃げたのか、そのあたりの事情をもっとよく聞いておくべきだった。

報酬に問題はない。和泉蠟庵の性格にも不満はない。それどころか、私は彼の性格を気に入っていた。旅先で、文化のちがいから、どのようなひどいあつかいをうけても、どんなにまずい料理を出されても、彼は不満のひとつももらさないのである。

しかし彼との旅はたのしいものではなかった。理由のひとつは、旅の目的地が、ほんとうにあるのかどうかよくわからない場所だということだ。

彼の旅の目的は、社寺参詣でも、湯治でもない。旅本を書くための取材である。しかし有名どころの温泉や名所旧跡は、たいていの本に紹介ずみである。そこで和泉蠟庵と版元は、どの道中記にも書かれていない観光地をさがしていた。まだ無名の、すばらしい効能を持った温泉や、一見の価値がある神社仏閣を紹介することができたら、きっと本が売れるにちがいない、と彼らはかんがえている。無名の温泉の噂を人づてに聞いては、実際に行ってたしかめてくる。あの山とあの山のむこうに巨大な寺院がある、という話を仕入れたら、ためしに行ってみる。それが和泉蠟庵の旅だった。

　しかし実際にそれらがあったためしはない。事前に聞かされていたような温泉など見あたらなかった。目的の場所にはさびれた村落があるだけで、そこには宿さえなく、藁《わら》にくるまって寒さにたえながら眠らなくてはいけなかった。これでは旅をするごとに心がすさんできてもしかたがない。

　私が彼の旅についていけなくなった理由は、もうひとつある。和泉蠟庵の迷い癖である。彼はたしかに旅慣れていた。疲れないあるきかたをしっているらしく、一日中、移動しても元気だった。しかし、かならずといっていいほど道を間違うのである。どんな子どもでもまっすぐ行けるはずの一本道なのに、なぜかしら彼が先頭をあるくと、朝方に出発した町へもどってきてしまうのである。いや、彼が後ろをあるいていてもかわらなかった。和泉蠟庵の迷い癖は、旅の同行者の全体におよんでしまうらしいのだ。おかげで、半日で着ける場所に、一週間もかかったことがある。そんな人が旅などしないほうがいいとおもうのだが、和泉蠟庵自身は気にした様子がなく、予想外の断崖絶壁に迷い出てしまったときも、「滑稽、滑稽」とおかしそうにわらっていた。

おかげで毎回、奇妙な場所へと連れて行かれた。双子しか生まれない村にも行ったし、一頭の馬ばかりをうやまっている村にも行った。ちなみにその馬は、えらい人の生まれかわりだと信じられていたが、私には普通の馬に見えた。長くつかっていると動物たちのあつまってくる不思議な温泉もあった。猿や鹿ばかりではなく、これまで見たこともない三本足のつるりとした動物もいた。和泉蠟庵はそれらの場所を書きとめて本に記すつもりだったらしいが、どれも偶然迷いこんだにすぎず、正確な場所が私たちにもわからなかった。何日かしておなじ道をたどり、また行ってみても、そこにはなにもないのである。

三度目の旅で私はついに嫌気がさした。膝《ひざ》の痛みに効くという温泉があるというから行ってみたのだ。まだその温泉はどの本にも紹介されておらず、場所や効能を記せば、本の売り上げがのびるはずだという。しかし二週間もかけてたどりついた場所にはなにもなかった。温泉独特の、あのにおいもたちこめてはいなかった。

「こんなことも、たまにはあるさ」

和泉蠟庵はのんきに言ったが、私には不毛きわまりなかった。町へもどる途中、やっぱり彼のせいで道に迷ってしまい、行きには通らなかったはずの町にたどりついた。

私はそこで、人間の胎児を拾ったのである。

二

おもいかえせばそこは奇妙な町だった。朝にも夜にも一日中、霧がたちこめており、建物の輪郭が白さの中に溶けていた。人の気配もあまりなく、たまにすれちがっても、その顔は霧に隠れて見えなかった。建物の中から話し声がするのだけど、私と和泉蠟庵がそばに近づくと、ぴたりとやんだ。日が暮れてきて、私たちは宿屋をさがしたのだが、そこの店主も妙だった。襖《ふすま》の隙間からこちらをにらんで、泊まっていいから宿賃は箱に入れておくようにと指示すると、襖を閉ざして消えてしまった。宿帳に名前だけでも書いておくかとおもい、置いてあった宿帳を開いてみると、わけのわからない文字がびっしりとならんで真っ黒だった。泊まった部屋は大部屋で、ほかに何人かの宿泊客がいたものの、どいつもこいつも頭まで布団にくるまって、たまにうめき声や、すすり泣く声を出していた。私は夜おそくになっても眠れなかったのだが、和泉蠟庵は気にしていない様子だ。散歩すればちょっとは眠くなるだろうかとおもい、私は深夜に布団を出た。

外にはひんやりとした風が吹いていた。水気をふくんだ、女のぬれた髪の毛みたいな風である。それが私の首や腕にまとわりついては、だれもいない通りのむこうに消えていった。

あるきながら、今後のことをかんがえた。この旅が終わったら、和泉蠟庵に、付き人をやめると告げることにしよう。あたらしい仕事をさがさなくてはいけないが、自分一人が食べていくだけなら、この旅の報酬でしばらくはだいじょうぶだろう。私には家族がおらず、食わせなくてはいけない相手もいなかった。

そのとき、くちゃくちゃという湿った音が聞こえてきた。行灯《あんどん》を持っていないため、あたりは暗かった。目をこらしていると、月が霧の中まで照らしてくれた。何匹かの犬が小川のそばにあつまり、首をつきあわせて、なにかを食べていた。私に気づくと、犬たちは、口に白いものをくわえて、散っていった。

小川の岸辺には、真っ黒な泥が広がっていた。そこに点々と、白くて小さなものが落ちている。どうやら生き物のようだったが、小指くらいの大きさである。たくさんの魚がうちあげられているのかとおもったが、その白い腹は蛙や芋虫のようだった。ひからびているものもあれば、泥水につかり、くさって蛆《うじ》のわいているものもあった。うごいているものはひとつもなく、どれも死んでいるようだ。犬たちは、そいつらを咀嚼《そしゃく》していたらしい。食い散らされて、ばらばらになっているものがあった。はたしてこれらはなんだろうか。形がととのっていて、まだ表面に艶《つや》があるものを、手のひらにのせて宿に持ち帰った。

「そいつはエムブリヲというやつだよ」

明け方になり、目をさました和泉蠟庵は、私の手のひらにのっている青白いものを見て言った。

「エムブリヲ？」

「人間の胎児だ。しらないのか、人間は赤ん坊になる以前、母親のおなかの中で、そういう姿をしてるんだ。昨日、小川のそばに中条流の産院があったのをおぼえてないかい。中条流というのは、昔からある、堕胎《だたい》を専門にしているところだよ。きっと、そこの医者が、女の腹からぬきとった胎児を、そのへんに捨てていたんだろう」

彼も実物を見るのははじめてらしいが、南蛮から渡ってきた本に挿絵入りで胎児についてのことが書いてあったらしい。そう言われてから、昨晩の光景をおもい出すと、うす気味悪くなった。

「そいつは埋めてやったほうがいいだろうね」

旅支度をととのえながら、和泉蠟庵が言った。私は胎児を手のひらにつつんで外に出た。宿の庭先に穴をほり、その中に寝かせて、上に土をかぶせようとしたときだ。ひくひくと、胎児が、腹の表面を波打たせたのである。死んでいるものとおもっていたが、生きていたらしい。

うごいているやつを埋めるのは気がひけた。芋虫みたいな姿だが、人間にはちがいない。生き埋めにしたら、殺人を犯したのとおなじである。しかたなく、私はそいつを懐に入れて宿を出発した。和泉蠟庵の話によると、胎児は女の腹の外ではあまり長く生きられないという。それならやがて自然と死ぬだろうから、それから埋葬してやれば心は痛まない。最初のうちはそうおもっていた。

ところがそいつは死にやがらない。これには和泉蠟庵もおどろいていた。私の拾った胎児は、たまたま、生きのびようとする力が強かったのだろう。宿を出発して半日がたっても、懐の中でひくひくとうごいていた。

「まだ生きてるんなら、なにか食べさせたほうがいいんじゃないか？」

街道をあるきながら、和泉蠟庵が言った。

「飢え死にしたら、きみが殺したようなものだ」

そんなことを言われても、胎児にどんなものを食べさせたらいいのかわからない。私はこまったはてに、米のとぎ汁を布にふくませて、胎児の小さな口元をしめらせた。私の手のひらの上で、魚とも蛙とも芋虫ともつかない小さな白いものが、小指の爪の先みたいな口をぱくぱくとやってそれをなめた。

それから三日とかからずに私たちは町へもどった。無事に帰りつけたことを私と和泉蠟庵はよろこんだ。荷物持ちの仕事はこれでやめるという旨もつたえた。

「また私といっしょに旅がしたくなったら、いつでも声をかけてくれ」

「絶対にありませんから」

報酬をもらって彼とわかれた。これから和泉蠟庵は、版元に足を運び、旅の結果を報告するのだという。旅の最中につけた駄賃帳を見せて、支払った金額を経費として請求しなくてはいけないらしい。

長く留守にしていた長屋にもどり、旅の荷物を肩からおろして、私はほっと息をついた。畳の上に足をのばして、寝ころがろうとしたとき、着物と腹のあいだから胎児がころがり出てきて、ぽとりと落ちた。胎児は、おどろいたようにぴくぴくと青白い腹を痙攣《けいれん》させ、うごかなくなる。これで死んでしまったのかとおもったが、指でつつくと身じろぎした。いっこうに死ぬ様子はなく、むしろ日に日に表面の色艶がよくなっていた。かといって殺すこともできず、見知らぬ人にあげることもできない。私は白い胎児を見て、腕組みした。

うちへあそびにくる客が、部屋の片隅に置かれてある、まるめた着物をのぞきこんで、「旦那、こりゃあなんだね」と聞くようになった。着物の中では、白い芋虫みたいなやつがうごいている。

「これはエムブリヲさ。つまり、胎児ってやつだよ。どうだい、ひきとってくれないかい。ほんとうのところ、もてあましてるんだ」

客は気味悪そうに胎児をながめた。青白い体に、ぽっこりとふくらんだ腹。未発達で、たんなる突起物でしかない手足。体ににあわぬ巨大な頭部には、見えているのかどうかわからないが、墨で点々と描いたような黒点の目がある。蜥蜴《とかげ》みたいに、尻尾のようなものまである。全体的に、ただの内臓のきれはしみたいで、これが人間になるなど想像できなかった。

胎児をもらってくれる客はおらず、しかたなくそいつの世話をする日々がつづいた。手のひらの上で、米のとぎ汁をあたえているうちに、そいつのほうも、私を意識するようになっていた。部屋のすみっこにほっぽり出していると、体を必死にうごかして、私の注意をひこうとする。手でつかんでにぎりしめてやると、不安がとれたみたいに静かになる。

茶碗にぬるま湯をそそいで、それにひたして体を洗ってやった。そいつの体の皮は青白かったが、蛙とも、魚とも、蜥蜴ともちがっていた。人間の赤ん坊の皮と、内臓の皮との、ちょうど中間くらいだった。茶碗のぬるま湯にひたされると、そいつは母親の体の中をおもい出すのか、ずいぶん気持ちよさそうにしていた。温泉をもとめて旅に出かけるやつは多いが、胎児まで風呂が好きだとはおもわなかった。そいつがぬるま湯におぼれないよう、私は指先で体をささえてやった。「おい」と呼ぶと、胎児が体をくねらせて指にからみついてくる。体をくすぐってやると、そいつはおかしそうにぬるま湯をちゃぷちゃぷとゆらした。

懐に入れたり、手の中につつんでいると、胎児にふれているところがあたたかかった。二週間も寝起きをともにしていると、だんだんにそいつのことがかわいらしいじゃないかとおもえるようになってきた。

私に家族らしきものができたのははじめてのことだった。物心ついたとき、すでに両親は他界して、兄弟もいなかった。これから先も、だれかといっしょに暮らすなんてことはかんがえたこともなかった。家族なんてものができたとき、いったいどんな気分なのかとおもっていたが。胎児を指の先で撫でながら眠たくなっていくようなとき、胸の中でなにやら、これまでしらなかった温もりがわいてきてしかたなかった。

三

胎児は、まるめた私の古着の中で一日をすごした。たまに用事があって、そいつをほったらかしにしたまま外に出てしまうことがあった。そんな日は、長屋にもどってみると、古着からすこし離れた場所にぽつんとそいつがころがっていた。どうやら、私がそばにいないことで、不安におもい、部屋の中を捜そうとしたらしい。しかしそいつは、芋虫みたいなくせに、体をのびちぢみさせて移動するなんてことができない。

寝床の古着からころがり落ちたところで、いつも力つきてしまうらしい。拾い上げて、小さな体に息を吹きかけてやると、私が帰ってきたと理解するのか、うれしそうに体をゆらすのだった。そんなだから、外出するときはできるだけ、着物の衿《えり》元の合わせに入れて、連れて行くことにした。

ある日、知り合いの男友達とあそんだときも、そいつを着物の中に入れていた。蕎《そ》麦《ば》屋で酒をぐだぐだ飲んでいる最中は、腹の付近で静かに眠っていたのだが、博打《ばくち》に誘われたあたりから、もぞもぞとしはじめた。

案内されたのは、町はずれにある廃屋の二階だった。五人くらいの男たちが、蠟燭《ろうそく》をともした部屋で、賽子《さいころ》をふってあそんでいた。私は博打のなかでも特に賽子が好きなのだ。

賽子が茶碗に入り、ふられて、場にふせられる。出た目の数を予想して、金をかける。参加してあつくなっていると、胎児が着物の隙間からころがり出てきて、場にふせられた茶碗のそばに横たわった。男たちは、突然にあらわれた、小さな内臓みたいなやつにおどろいた。こいつは胎児というもので、赤ん坊になる以前の、母親の胎内に入っているべき代物なのだと私は説明した。男たちは、部屋の奥にいる仲間を呼んできて、みんなで肩をよせあって、神々しいものでも見るみたいに、白い胎児をのぞきこんだ。

賽子の目に一喜一憂していたら、いつのまにか財布の中身がなくなった。和泉蠟庵との旅でかせいだ金は、雨露のように消えてしまった。胎児を懐に抱いて、廃屋を出たとき、すでに朝日がさしていた。

肩を落として長屋まであるきながら、途中の石ころをけっとばした。こんなにはやく金をつかい切ってしまうとはおもわなかった。またなにか仕事をしなくてはいけない。そんなとき、さきほど胎児をのぞきこんでいた男たちの顔がうかんだ。世の中には、ものめずらしがって胎児を見たがる人がほかにもいるかもしれない。

私は長屋の一室に暗幕を張り、表に出て通行人に呼びかけた。長屋は人通りの多い場所に建っていたから、客の呼びこみがしやすかった。

「エムブリヲだよ。エムブリヲだよ。これは滅多に見られるもんじゃないよ。いつもは女の腹に入っている胎児ってやつだよ」

はじめは警戒して、だれもが素通りした。やがて何人かが立ち止まり、エムブリヲとはなにか、胎児とはなにかについて聞いてくるようになり、ようやく一人目の客が私についてきた。長屋の入り口で金をもらい、うす暗い部屋の中に案内して、客を畳にすわらせた。どうせたいしたことないんだろう、という顔つきの客の前に、私は布におおわれている盆を運んだ。

「手はふれないように。これがエムブリヲだよ」

布をとると、胎児が盆の上に横たわっている。客は目を丸くして、白い芋虫みたいな体に見入る。そいつが私たち人間の、かつての姿なのだと教えてやると、客は両手をあわせてありがたそうにしていた。

私の見世物小屋は次第に評判になり、客がつめかけてくるようになった。息をひそめて胎児の登場を待っている客たちの前で、布のおおいをとると、彼らはどよめき、もっとよく見ようと盆に首を近づけた。ある者は気味悪そうにするし、ある者はかわいらしくてしかたないという表情をする。

入り口でうけとる料金はたいした額ではなかったが、大勢がきてくれたので一日のかせぎは良かった。私は好きなだけ食事して、酒を飲み、博打に精を出すようになった。賽子にかける金額は日に日に大きくなっていったが、気にならなかった。どうせまた、胎児がかせいでくれるにちがいない。

町で評判になると、私の胎児を狙うやつがでてくる。ある夜、私の部屋に泥棒が入ったのだ。私が散歩に出かけるのを見計らっての犯行だったらしい。帰ってみると部屋が荒らされており、畳をひっぺがしたあとまであった。胎児は懐に入れて連れあるいていたので、盗まれてはいなかったが、私は血の気がうせた。今、この胎児をうしなったら、元の一文無しにもどってしまう。

寝ないで胎児を守ることにした。おかげで私の目の下には隈《くま》ができた。胎児は、自分が狙われていることにも気づいていない様子で、私の胸にくっついてすやすやと夢を見ていた。胎児も夢を見るのかどうかよくわからないが。

胎児見物は、毎日が大盛況で、順番待ちの行列が長屋の前から通りのむこうまでずらりとのびた。しかし賽子のほうは胎児ほどにうまくいかなかった。負けつづけて少額の借金ができた。負けをとりもどそうとして奮闘するのだがうまくいかない。逆に借金はふくらむばかりだ。私は始終いらだつようになり、駄賃をあたえて仕事を手伝ってもらっていた近所の少年にまで怒鳴るようになった。私が大声を出すと、そばにいた胎児が、体をふるわせた。

見物客はとぎれなかったが、不思議におもうことがあった。胎児は、内臓のきれはしみたいな姿のまま、大きくなる様子がないのである。小川の岸辺で拾って以来、かわらず小指ほどの身長で、魚や蜥蜴みたいな体つきだった。もうそろそろ人間の赤ん坊に近づいてもいいのではないかとおもうのだが、ちっとも腕や足が発達しない。成長しないということは、いつまでも客が呼べるということなので好都合にはちがいない。しかし心配なので、道ばたでひさしぶりに和泉蠟庵と会ったとき、そのことを相談してみた。

「成長には女の腹が必要なのかもしれない。胎児が女の腹の外で育つものか」

それから彼は、私の博打遊びをいさめようとしたので、聞こえないふりをしてその場を立ち去った。

私を真似て胎児を見せ物にしようとするやつが何人かいた。堕胎を専門とする医者に言って、金をはらい、胎児をもらおうとしたらしい。しかしどいつも死んでいるか、外では長く生きられなかったという。私の胎児のように、女の腹の外で生きのびるやつはまれなのだ。だから人々は私の胎児に金をはらってくれる。

うすぎたない古着に寝かせるのはやめて、赤色のふわふわの座布団を買ってきて、胎児をその上で寝かせるようにした。顔を近づけて、息を吹きかけると、胎児は体をよじって、私から逃げようとした。私の吐く息が、酒くさかったらしい。

博打の元締めが、大勢のいかめしい顔つきの男たちをひき連れてうちにやってきたのは、それからまもなくのことだった。胎児見物の行列を無視して長屋に入ろうとしたとき、ならんでいる者たちが抗議の声をあげたのだが、男たちがひとにらみするだけでみんなはおしだまった。

「今日のかせぎはいくらだい」

博打の元締めは、見世物小屋に改造した部屋の真ん中にあぐらをかいて言った。熊みたいな体つきで、目がどんよりとにごっている。私がこたえると、元締めは鼻でわらった。

「その調子でかせいでもよ、借金をかえすころには、おたがいに老人だぜ」

私は正座をしてふるえあがった。いつしか負けの額がどうしようもないほどふくらんでいたのである。返済できなかったやつらが、どんな末路をたどるのか、噂話に聞いていた。どこかで一生、はたらかされるのならまだいいほうだ。

「だが、借金を帳消しにしてやってもいい。もちろん、ただってわけにはいかねえ。相応のものは、もらっていくけどよ」

博打の元締めはそう言うと、私のそばに置いてあった盆を見下ろした。きれいな布がかぶせられており、その下で胎児がもぞもぞとうごいていた。

「一晩だけかんがえさせてやる」

博打の元締めは、そう言うと帰っていった。

四

夜になり引き戸の隙間から外をのぞいてみると、男があくびをしながらむかいの長屋の壁によりかかっていた。博打の元締めといっしょにたずねてきた、いかめしい男たちの一人である。私が胎児を持って逃げ出さないかどうかを見張っているらしい。

表から外に出るのはあきらめて、裏のほうに賭けてみた。窓をすこしだけあけてみると、やっぱり長屋の裏にも男が立っていた。しかしこちらは眠気にたえられず、壁によりかかったままうつらうつらしている。私は胎児を懐に入れて窓の外に草履《ぞうり》を置くと、その上に着地した。足音をたてないようにあるいて、夢うつつの男の前を通りすぎ、一目散にはしって逃げた。

長屋の入り組んだ細い路地を月の明かりが照らしていた。胎児をあの男たちに渡すことはできなかった。彼らの荒々しい性格については、よく人の口にのぼっていた。まるで山賊みたいなやつらだ。胎児を私からうばって、見世物小屋を経営するつもりだろうが、みんなにあきられたらぽいと捨てるにちがいない。もしかしたら、鍋に入れて食ってしまうかもしれない。

酒の飲みすぎと、寝不足のせいか、以前みたいに長くはしれなかった。長屋のあつまっているところをぬけて、川のそばにたどりついたとき、息が切れてうごけなくなった。しだれ柳の、たれている先端が、川の水面にひたってゆれていた。ちゃぷん、ちゃぷん、と水の音が夜の闇にひびいていた。橋の袂《たもと》にすわりこんで、懐から胎児をとり出した。胎児は眠りからさめて、青白い腹をゆっくりとうごかしていた。ずいぶん寒い季節になっていたから、そいつを両手につつみこんで、こごえないようにしてあげた。そいつは小さくて、なにかいやなことがあっても、ふるえていることしかできない。生きていることさえ奇跡のような、弱々しいやつだった。

　私はこいつに、ひどいことをしてしまった。私がこいつにとっていい父親だったなら、どうしてこんな夜中に川のそばで立ちすくんでいるというのだ。外のつめたい風に、なぜこいつをさらしているのだ。胎児を手につつみこんだまま、これまでの自分の行動をふりかえり、うめき声をあげずにはおれなかった。こいつと暮らしているうちに、たしかに私の胸には、これまでしらなかった温もりがわいてきた。自分以外のなにかを、私は生まれてはじめて、まもってやりたいとおもったのだ。それなのに私は、自分のその気持ちを裏切ったのである。いつのまにかわすれさって馬鹿げた見世物小屋などをはじめてしまった。どうしたらこいつにゆるしてもらえるだろうか。自分勝手におもうかもしれないが、私はこの胎児を生かしたかった。はじめのころは、いつまで生きていやがるのかと、かんがえていたのに。

　逃げてきた方角から複数の足音が近づいてきた。草の茂みに入って頭を低くしていると、私の部屋を見張っていた男たちが、はしって通りすぎていく。私が逃げ出したことに、ようやく気づいたらしい。町にとどまっていたら、やつらに見つかるのも時間の問題だ。はやいところ町を出なくてはいけないが、私は着物と草履を身につけているだけで、旅の準備などするひまがなかった。

　和泉蠟庵の顔がうかんだのはそのときである。彼の家に行けば旅に必要なものを貸してくれるかもしれない。私は胎児を連れて追っ手に見つからないよう注意しながら彼の家にむかった。

和泉蠟庵の家は町はずれにあるこぢんまりとした一軒家である。戸をつよくたたいていると、寝間着すがたの彼があらわれた。家の中でむかいあってすわり、胎児を手につつみこんだまま、これまでのことや、今から町を出るのだという話をした。

「先生は旅を生業《なりわい》にしているようなものだから、ここにくれば、雨風をしのぐ道具も、借りられるとおもったんです」

腕組みをした和泉蠟庵は、話を聞き終えると、神妙な顔つきで首を横にふる。

「やめておけ。きみはもう、そいつを手放したほうがいい」

「手放す？」

「きみと胎児の二人だけで旅に出すわけにはいかない。寒さでこごえ死ぬにちがいない。きみのことじゃないよ、その小さなエムブリヲのことだ。きみが町を出るのは勝手だけど、そいつは置いていくんだね。でなけりゃ、そいつがかわいそうだ。知り合いに、子どもをほしがっている夫婦がいる。裕福な家だが、いつまでも子どもができないで、こまっているのだ。彼らなら胎児をひきとって、愛情深くそだててくれるかもしれない。きみの借金を肩代わりしてくれるように交渉してみるよ」

和泉蠟庵が障子をあけると、白みはじめている空があらわれた。やがて遠くの林のむこうから、朝の光があふれ出し、和泉蠟庵の寝間着の袖《そで》や、私の手のひらの胎児を照らした。私は一睡もしていなかったが眠くはなかった。頭をたれて私は、胎児を両手でつつみこんだ。

和泉蠟庵の紹介してくれた夫婦は、やさしそうな顔だちと言葉づかいで、善人であることが一目でわかるような人たちだった。見世物小屋にも来てくれたことがあったらしい。和泉蠟庵の家の一室で、正座をした夫婦の前に、私は胎児をさし出した。奥さんのほうがそれを見下ろして、かわいらしくてしかたないという表情をしたとき、そういえばこんな客がいたなとおもい出した。夫婦はうやうやしくうけとると、もぞもぞとうごいているそいつをしばらくながめてから、大事そうに布でつつみはじめた。顔が隠れて見えなくなるとき、私は心の中でわかれを告げた。

夫婦が胎児をかかえて去っていくのを見送った。私を気づかうような声で、和泉蠟庵が言った。

「気を落とすな。きみには私がついてるじゃないか」

「胎児のほうが、はるかにましです」

「そんなこと言うな。またいっしょに旅をしよう。めずらしい温泉の噂を聞いたんだ。なんでも、巨木の年輪の中に湯がわいてるらしい。さっそく調べに行こう」

私は彼の話を無視して、遠ざかる夫婦の後ろすがたをいつまでもながめていた。

そのあと聞いた話によると、夫婦は医者の手によって、胎児を腹の中に入れてもらったらしい。和泉蠟庵がかつて話していた。胎児の成長には女の腹が必要なのだと。あの胎児が、赤ん坊となって出てきたのかどうかはわからない。和泉蠟庵はなにも言わなかったし、私もあえて聞かなかった。

夫婦は胎児をひきとるとき、私の借金の肩代わりを約束してくれた。おかげで、博打の元締めとその子分が、私のもとにやってくることはなくなった。日々がすぎていくにつれ、胎児を見世物にして金をかせいでいたのが、遠い昔のことのようにおもえてきた。

私はいくつかの職を転々としながら、和泉蠟庵の付き人を何度かひきうけた。毎回ではない。彼の迷い癖が原因で命を落としかけたあとなど、もう金輪際《こんりんざい》、私に声をかけないでくれ、と彼に念を押した。彼はしかたなくあたらしい荷物持ちを捜すのだが、どの人も長つづきせず、やっぱり私をひっぱりこもうとする。

あれから何年がすぎたのか、正確にはおぼえていない。知り合いの何人かが風邪をこじらせて死んだり、旅先で行方知れずになったりした。和泉蠟庵は元気にうごきまわり、温泉や名所旧跡をさがす旅をくりかえしていた。

その日はよく晴れていて、青空に入道雲がうかんでいた。お日様が、田んぼにはってある水にうつりこんで、点々とならんでいる稲のあいだでまばゆかった。

私は汗をぬぐいながら、菓子折を持って町はずれに出かけた。和泉蠟庵のおつかいで、彼がいつも世話になっているという老人の家に行ったのだ。その帰り道のこと、あるき疲れた私は、分かれ道にたっている地蔵のそばで休むことにした。そばに大きな木が生えていて、うまいぐあいに木陰ができていた。

近所にすんでいるらしい子どもたちが、蜻蛉《とんぼ》をおいかけてやってきた。全部で五人くらいだろうか。男の子と女の子がいりまじった一群である。二人くらいが木の棒を持っていて、それをふりまわしながら、私の前を通りすぎていった。

子どもの声が遠ざかると、私は眠たくなってきて、目をとじようとした。そのときだ。少女がすこし離れたところで、私のほうをむいて立っていることに気づいたのである。さきほど通りすぎた子どものうちの一人だった。

「どうかしたのか、みんな行っちまったぞ」

声をかけると、少女は首をかしげて、私の顔をじっと見つめてきた。田んぼの水にうつっているお日様が、少女の顔をきらきらとかがやかせている。

「おじちゃん、ひさしぶりだね」

まだ舌たらずの声で少女が言った。

「どこかで会ったか?」

「うん、おぼえてるもの」

その子が言うには、かつて少女は私といっしょに暮らしていたのだという。私の手のひらの上で眠り、茶碗のぬるま湯で体を洗ってもらい、私の胸にくっついて眠ると安心したそうだ。少女は、いっしょうけんめいにそれを説明した。

「おじちゃんのにおいはくさかったけど。ちょっとでもおじちゃんが見えなくなったら、あたしはかなしくて、なきたくなったんだ」

少女は、私のそばにやってきて、着物の袖に鼻を近づけ、くんくんとにおいをかごうとした。私は立ちあがり、その子から遠ざかった。

「夢でも見たんじゃねえのか? たぶんそれは、ほんとうのことじゃないんだよ」

少女は首をかしげた。

「そうかなあ」

「きっとそうさ」

私があるきはじめると、少女がついてこようとした。そのとき、先のほうに行っていたほかの子どもたちがもどってきて、少女にむかって声をかけた。はやく来なよ、と。少女は私を気にしていたが、やがて、ほかの子どもたちのもとへはしっていった。

ラピスラズリ幻想

一

輪《りん》は書物問屋に住み込みではたらいている。いつも家事の手伝いをしているが、人手のたりないときは客相手に本を売った。職人のところに出向いて、木版印刷の板木削りを注文したこともある。本は木版印刷にかぎる、と輪はおもう。木の板に文章や絵を彫り、墨を塗って紙に刷るという印刷方法だ。

活版印刷というやり方もあるが、輪はあれが好きではない。キリシタン版と言っただろうか。親方から見せてもらったが、異国からきた宗教の本が活版で刷られている。活字ごとに鋳造した版をならべて刷るというやり方だ。馬鹿げている。異国の文字は数十種類しかないらしいから、それでいいのかもしれないが、ひらがなや漢字ごとに版をつくろうとしたら、膨大な数を鋳造しなくてはいけないではないか。それに、どの文字もおなじ形になってしまい、おもしろみにかける。木版印刷は、彫り職人ごとのあじわい深さがある。ひらがな、漢字、挿絵が、溶けあうみたいに紙へおさまる。本はやっぱり、木版印刷にかぎるなあ。

店にならんでいる人情本をながめながら、そんなことをかんがえていると、親方の部屋から声がした。

「輪や、こっちへ来い」

「はあい」

障子《しょうじ》をあけて部屋に入る。親方と若い男がむかいあってすわっている。黒くて艶《つや》やかな髪は、正座すると畳に毛先があたるかあたらないかという長さだ。目鼻立ちがととのっており、その姿勢は睡蓮《すいれん》のように涼やかだった。輪はその人に魅了されて、部屋の入り口でぼんやりしてしまった。

『道中旅鏡《どうちゅうたびかがみ》』の作者である和泉蠟庵《いずみろうあん》に会ったのは、輪が十六歳のときだった。火災の煙にまかれて死んだのが二十七歳のときだから、その十一年前のことである。


「上からの命令とはいえ、かわいそうになあ」

山道をあるきながら耳彦《みみひこ》が言った。町を出て五日がたつ。耳彦は和泉蠟庵の荷物持ちの男だった。旅に必要な一切合切を背負っている。顔色の悪い男だ。

「女の子は関所を通るとき面倒だしな。念入りに調べられるだろ。入り鉄砲に出女ってやつだ。町に入ってくる鉄砲と、出て行く女には、注意しろってな」

「でも、温泉に入るのはたのしみです」

「まずは温泉まで、無事にたどり着けるといいんだが。いつも道に迷うからな、あの人」

耳彦が、前をあるいている背中に目をむけた。和泉蠟庵は疲れをしらない足取りである。結わえた長髪が、馬の尻尾みたいにゆれている。

和泉蠟庵は、旅本を書いて生計をたてていた。本には温泉の場所や効能、道順などが説明されており、はじめて旅をする者には重宝する。輪も今回が生まれてはじめての旅だった。行き先は町から西にむかって二十日ほどあるいた場所にある温泉地である。

「輪や、和泉先生の付き人として、旅に出てくれないかね」

親方にそう言われて、旅のお供をすることになった。なぜ自分が？　という問いに和泉蠟庵がこたえてくれた。

「わたしと荷物持ちの男が二人だけで旅をするというのはね、なんとも味気ないものなんだよ。女の子が一人いたら、はなやかでたのしいじゃないか」

まじめな顔つきでそんなことを言う。旅の本に女の意見をとり入れるのが目的なのだろう。輪はそう解釈したが、彼は最後まで冗談を撤回しないまま現在にいたる。いったいどこまでが本気なのか。ともかく、書物問屋ではたらく身としては、この先生の手伝いをしっかりやって、本を書いてもらわなくてはいけない。

午後になって道に迷った。和泉蠟庵が自信満々に進むから迷うことはないだろうとおもっていたのに、気づくと山の中でおなじところをぐるぐるまわっていた。いや、まわっていた、という表現はどうだろう。道は直線の一本道なのだ。しかし、木に印をつけてしばらくあるくと、おなじ印の木が前方から見えてくる。これは道理が通らない。気づかないほどにゆるく道が曲がっているということもない。正真正銘の一直線だ。両側はずっと雑木林で分かれ道もなく、どこからこの道に入りこんでしまったのかも不明である。輪はおそろしくなって、和泉蠟庵と耳彦につめよった。

「どうしてこんなことに⁉」

「落ちつけ、いつものことだ」と耳彦。

「そうだよ、わたしが前をあるくと、まあだいたい、こうなるんだ。そのうち慣れる」と和泉蠟庵。

「先生は反省してください。この迷い癖、度をこえてます」

二人のやりとりを聞いて、安心するどころか、不安は増すばかりだ。こんな不可解なことに、慣れたらだめだよ？　と輪はおもうのだ。

一本道を前に行っても後ろに行っても元の場所へもどってしまうので、道をはずれて右手側の雑木林に分け入ってみた。道なき道をすすむと、やがて流れのはげしい川にぶつかり、川に沿って下流へ行くと平野に出た。日がくれてきたころ、見わたすかぎりの水田と、二十戸ほどの家が点在する村に到着し、輪は安堵した。

和泉蠟庵が農家の戸をたたいて事情を説明する。村長の家に案内してもらい、今晩はそこへ泊めさせてもらうことになった。村長は七十歳ほどの老婆で、広い家に一人で住んでいた。顔中に皺《しわ》がきざまれ、腰も曲がっていたが、瞳はとても澄んでいた。澱《おり》がしずみきった湖のように、長い時間を経てきれいになった瞳である。

「一晩、お世話になります」

正座して深々とお辞儀をする和泉蠟庵にならって、耳彦と輪も頭を下げた。

「くつろいでください、旅の人たち」

老婆は縫い物をしながら、やさしそうな声で言った。寝床を貸してもらうだけでなく、食事までごちそうになった。近所に住んでいる老婆の孫たちが、炊いた白飯や大根の漬け物、青菜の味噌汁を持ってきてくれた。その晩、輪はやすらかな心地で眠りにつくことができた。

朝になり、目をさました輪は、村を散歩してみた。稲のうつくしい季節である。瑞々しい青色の葉が一面にゆれていた。そこはどこにでもあるような農村だった。剣先がならんでいるような稲の葉を、輪は手のひらでちくちくと撫でてあるいた。舞っている蝶を見て、輪は故郷のことをおもい出した。子どものころ、父と二人で農村に暮らしていた。家の裏に花畑があり、いつも蝶が飛んでいた。家の中に舞いこんできて、それを追いかけて遊んだこともある。たしかそれは、父が死んだ日の朝のことだった。

父が死ぬと輪はみなしごになった。ひきとってくれる親戚もいなかったので、父の友人の紹介で、町の書物問屋にひきとられた。輪は母の顔を見たことがない。輪を産んだときに血を流しすぎて死んだ。自分の命とひきかえに産んでくれたことを輪は感謝していた。

老婆の家にもどって朝食をごちそうになり、旅の支度をととのえていると、あわただしく人がかけこんできた。老婆のひ孫の一人が高熱でたおれたというしらせがとどいたのだ。

和泉蠟庵と耳彦が、村人たちにまじって、民家の前に立っていた。どの人も、開け放した引き戸から屋内をのぞいている。彼らの隙間に顔をつっこんで、輪も家の中をのぞきこんだ。

まだ年端もいかない少年が、民家の一室に寝かされていた。目を閉じ、死人同然の顔だった。息もよわよわしい。医者のいない村である。人々は、くるしんでいる少年をただ見ているしかない。死期が近づいていた。家族が布団のそばで涙をぬぐっている。

あつまっている人々の頭上を白くて小さな蝶が舞っていた。うす暗い家の中に入り、どこにも着地することなく、ひらひらとうかんでいた。村人たちはだれも蝶に気づいておらず、それどころではない様子だった。輪だけがそれを目で追いかけ、父が死んだ日の朝のことをおもい出した。輪は一度、老婆の家にもどり、旅の荷物から巾着袋をとり出してひきかえした。

「これをつかってください」

袋を老婆にさし出した。それを他人に与えるのには勇気が必要だった。死んだ父が輪にのこしてくれた形見の薬である。老婆は袋をのぞいて、入っていた小さな粒を皺だらけの手のひらにころがした。最後の一粒だったが、きっと今がつかいどきなのだ。老婆がひ孫の口に薬を入れて水を飲ませた。

和泉蠟庵と耳彦はさっさと布団で寝てしまい、なかなか眠れない輪は縁側で涼んでいた。月が白々と松の木を照らし、虫が静かに鳴いていた。本来なら朝のうちに出発するはずだったが、少年の病状が気になるので、もう一日、村へとどまることにしたのだ。薬が効いたのか、少年は目に見えて快復した。起きられないが、熱もひいて、名前を呼ぶと目をあけるようになったという。

人の気配がしたのでふりかえると、老婆が輪の後ろに立っていた。老婆は正座すると、深々と頭を下げた。輪が恐縮していると、老婆は寝間着の袂《たもと》から、おりたたんだ手ぬぐいをとり出した。

「この石を持ってお行きなさい」

老婆が布を開く。小指の先くらいの青い石がくるまれていた。空を一ヵ所にあつめて固めたような濃い青色だった。

「わたしはこれを、もう五百年以上、手元においているのです」

五百年？　老婆はまじめな顔つきだ。

「この石を、一時も自分のそばから離さずに暮らしなさい。そうすれば、いつか、わたしの言うこともわかります」

なんとうつくしい青色だろう。輪はため息をもらした。月明かりしかない闇の中でさえくっきりと見える。内側から光っているようだ。

「わたしはこの石を、旅の人からいただきました。今日のあなたのように、命を救ったお礼として。これを一生、死ぬまで持っていなさい。でも、ひとつだけ気をつけなくてはいけない。自ら死ぬことだけは、してはいけません。もしも自分から死のうとすれば、地獄に堕ちるでしょう」

老婆は薬の入っていた巾着袋をとり出し、その中に石を入れて、輪の手ににぎらせた。きっとその石は、高価なものにちがいない。輪ははじめのうち、うけとるのを拒否したが、老婆はどうしても、輪にもらってほしいようだった。説得されて、輪は石をうけとった。

朝日がのぼり、布団から和泉蠟庵と耳彦が起き出して旅の支度をととのえる。輪もまた、布団をたたんで顔を洗った。朝食をごちそうになり、村を出発することになった。和泉蠟庵と耳彦は、宿と食事の礼を老婆につたえた。輪が石のことで感謝を言うと、老婆は一言、口にした。

「袋に紐《ひも》をつけて、首から下げていなさい」

出発すると、すれちがう村人たちが輪たちのほうを見て頭を下げた。やがて村が遠ざかり、水田もなくなり、荒れた土地ばかりが見えるようになった。先頭を和泉蠟庵があるき、その後ろを耳彦と輪がついていった。

木陰にすわって休んでいるとき、老婆にもらった青い石をとり出してながめた。昼間にながめても、その青さにおどろかされる。群青の中に金色の破片がちらばっている。星のうかんだ夜空のようでもある。

「そいつはなんだ？」

耳彦がよってきて言った。

「おばあさんからもらったんです。薬のお返しにって」

輪は石を指先でつまんで彼に見せた。和泉蠟庵が耳彦をおしのけてのぞきこんだ。

「これは瑠璃《るり》だね」

「瑠璃？」

「そう。異国の言葉で、ラピスラズリだ。大事にとっておくといい」

その後は道に迷うことなく目的地の温泉までたどりついた。当初の予定よりも三日ほどおくれたが、はじめて入る温泉は心地よく、輪は満足した。しかしこれは仕事である。温泉の効能について日記帳に詳しく書きとめておいた。

帰り道では三度ほど道に迷ったが大事にはいたらなかった。町に入り、旅を終えると、和泉蠟庵や耳彦とわかれるのがさみしかった。しかしおなじ町にすんでいるので、一生、会えないわけでもない。その後も彼らとは交流をつづけた。やがて和泉蠟庵が旅の成果を折り本として出版し、書物問屋ではたらく輪は彼の本を店にならべた。

ところで輪は初対面のときから和泉蠟庵にほれていたのだが、それを悟られるようなことはしなかった。作家の先生と自分ではつりあいがとれないとかんがえていたのだ。

結局、輪は十八歳で、親方の紹介してくれた男と結婚し、三人の子どもをもうけた。苦労も幸福もひとしく味わいながら日々をすごした。子どもたちに乳をのませて、泣きやませ、寝つくまで顔をのぞきこんだ。旦那が怒って茶碗を投げることもあれば、輪のほうがかっとなって口をきかなくなることもあった。

腕まくりをして着物を洗っているとき、三番目の子が、輪の首から下がっている袋に興味をしめした。輪は、巾着袋に入っているラピスラズリをとり出して、旅の思い出を話して聞かせた。

輪が二十七歳のとき、近所に住んでいた男の部屋から火の手があがった。煙草の不始末だった。木造の長屋は燃えやすく、火のまわりもはやい。あっというまに、輪の住んでいた長屋も炎につつまれた。逃げおくれた自分の子をたすけるため、輪は燃える長屋にかけこんだ。それきり出てこられなかった。煙を吸って意識がなくなり、着物に炎が燃え移って、そのまま死んだ。

二

赤ん坊が出てくる前に、大量の血が流れて、母親のほうは死んだ。産婆は、赤ん坊だけでも救おうと、死んだ母親の股を裂いた。腹の中に両手をさしこんで、うごいている小さな赤い塊《かたまり》をとり出した。女の子だった。奇妙なことにその子は、まだ小さな手で、なにかをにぎりしめていた。指の隙間から、群青の塊がのぞいた。産婆が赤ん坊の手を開いてみる。母親の血と羊水の上に、小さな青い石が落ちてころがった。産婆は長い人生の中で、その石ほど深い青色を見たことがなかった。

父親は赤ん坊に輪と名づけた。輪はあまり泣かず、いつも周囲を観察するように大きな目を広げていた。話しかけてやると、耳をすますような仕草をする。産まれてひと月もたっていないのに、まるで人の言葉がわかっているようだった。おなかがすいたのか、などと話しかけると、まだ赤ん坊のくせに、うなずいたり、首を横にふったりした。言葉をしゃべるのもはやかった。最初から物の名前をしっているみたいに、教えてもいない言葉を口にした。やがて二本足で立ち上がるようになり、あるきはじめると、しつけた覚えはないのに、自分で外まで用を足しに行った。

五歳になったある日、輪が父親に言った。

「今年の夏、大水になるよ。放っておいたら死人も出る。高い場所に小屋を建てて、そこに米をたくわえておいたほうがいい」

父親は輪の話を村の人々につたえた。大水になることなど滅多にない地域だったが、子どもの戯言《ざれごと》だとわらい飛ばす者はいなかった。輪が普通の子でないことにみんな気づいていた。

その年の夏、大水になった。十日も雨がつづき、これまで氾濫したことのない川から水があふれた。畑の作物はだめになり、家もこわれた。しかし死人は出なかった。あらかじめ決めていたとおり、丘の上の小屋に人々は避難し、家畜や米もそこにあつめておいたからだ。

「俺は時に、おまえが、こわくなることがある。まるで、明日に起こることが、わかっているみたいじゃないか」

父親は輪に話しかけた。水がひいて、雲間から青空がのぞいていた。村の人々が、輪の家の建て直しをてつだってくれた。全員が、特別なまなざしを五歳の少女にむけていた。

「おとうさん、ラピスラズリは、どこにある？」

少女とはおもえない、大人びた顔で輪は言った。

「ラピスラズリ？」

「うん。わたしが生まれたとき、持っていた青い石だよ。ついでに、巾着袋があったらちょうだい」

父親は、妻の形見といっしょに保管していた小さな石と、古着を裂いてつくった巾着袋を輪に渡した。輪は袋に紐をとおし、青い石を入れて首から下げた。

「こうしておくように、おばあさんが、言ったんだ」

「おばあさん？」

「この石をくれた人だよ」

父親は詳細を聞いたが、娘はそれ以上、なにも語らなかった。

輪はおぼえている。些細なことは記憶にないが、五歳のとき村が大水になったことは、人々がよく語っていた。だから、あらかじめ忠告ができた。

火事のことはもっと鮮明だ。長屋が炎につつまれて、自分の子どもが逃げおくれた。煙を吸いこんでしまい、子どもといっしょにたおれてしまった。おそらくそれで自分は死んでしまったのだろう。

体が奈落の底へと落ちていくような感覚があった。

ぬるい温泉のような場所にしずんだかとおもうと、今度は体が浮いた。

気づいたとき、輪は狭い場所で丸くなっていた。ここがあの世なのかとおもったものだ。足の爪先から頭のてっぺんまで、ぬるめの湯につつみこまれていた。体がとけてしまいそうなほどおだやかな心地だった。たまに腕や足に紐のようなものがからみついた。のちにそれは臍《へそ》の緒《お》だったのだとわかった。輪があの世だとおもった場所は、母の胎内だった。ある日、その場所が窮屈になりすぎたとき、産婆の手によって母の体からとり出された。

一度、自分は死に、別の人間に生まれ変わったのだと、はじめのうちはおもった。しかし、自分を見下ろす顔は、記憶にある父のものである。父の腕に抱かれて散歩するとき見えるのも、しっている景色である。別の人間に生まれ変わったのではない。自分は輪という名前をさずかった。自分は自分のままだ。また輪として産まれてきてしまったのだ。輪は生後ひと月ほどでそのことに気づいた。

赤ん坊の輪は、まわりの会話も聞きとることができた。生まれたとき青い石をにぎっていたということを人々の話からしった。その石とは、ラピスラズリのことにちがいない。

前の人生では、生まれたときに青い石をにぎっていたなんてことは聞かなかった。するとこの不可解な状況は、あの石のせいではないのか。火事で死ぬときもあの石を身につけていた。老婆が言ったとおり、死ぬその日まで自分のそばから離さなかったのだ。そうしていれば、いつか自分の言うことがわかると老婆が言ったから。

巾着袋を首から下げて、輪は二度目の人生を送った。父がしまっていたラピスラズリは、かつて老婆からもらった石に間違いなかった。大きさや形、色合いまで、完全におなじものである。群青の表面に、ところどころ金色の粒がかがやいている。夜というものが動物になったら、きっとこの石みたいな瞳を持っているにちがいない。これが自分の小さな体とともに、母の胎内から出てきたらしい。

遠い昔に死んで、もう会えないとおもっていた父親が、また生きて目の前でうごいているのは最初のうち驚異だった。時間がたつとそれにも慣れていった。一度目の人生こそ夢で、実際は全部、なかったことなんじゃないかと感じられることもあった。

それでもたまに、夫や自分の産んだ子どもたちのことをおもい出すとさびしくなった。彼らはどうなってしまったのだろう。生きていれば、またいつか会えるのだろうか。

あるとき、貸本屋が村をおとずれた。道ばたに茣蓙《ござ》を敷いて、町の書物問屋で仕入れた本をならべた。人だかりのあいだから輪がのぞくと、貸本屋の主人がわらった。

「おじょうちゃんも、本が読めるのかい？」

「もちろんよ」

輪は装丁画つきの人情本を手にとってめくった。

「これ、おぼえてる。おもしろい話だったなあ」

「おじょうちゃん。その本は、最近になって書かれたばかりなんだぜ」

「おぼえてるんだから、しようがないでしょ」

貸本屋の主人は、輪が冗談を言ってるのだとおもったらしい。ひさしぶりにさわる木版印刷の本の感触がたのしかった。茣蓙にならんだ本を一冊ずつ手にとっていると、『道中旅鏡』という折り本を見つけた。作者は和泉蠟庵。輪はなつかしくなった。彼もまた、この世のどこかにいるのだ。

輪の父親は時折、隣村に住む瓦《かわら》職人の家に行った。屋根瓦を窯《かま》で焼き、近隣の町に卸《おろ》すという作業を手伝っていたのだ。もらった賃金は生活の足しになり、そのおかげで空腹でしかたないという状況にはならなかった。

ある日、父親は行き倒れの僧をたすける。僧はお礼にとめずらしい薬を五粒ほどくれた。嘘かほんとうかわからないが、そいつは黄金の熊からとれた熊胆《くまのい》を乾燥させ、さらに何十種類もの植物を混ぜあわせたものだという。そいつを飲むと、死にかけの病人もたちどころに回復した。後にこの薬が父親の形見となるはずだった。

輪が七歳のときのことだ。瓦を焼く手伝いに行くと父親が言うので、輪は留守番をすることになった。父が出て行ってしばらくすると、家の中に蝶が舞いこんできた。きれいだなと最初はぼんやりながめていたが、すぐにおもい出して、輪は家を飛び出した。隣村との境目あたりで父親に追いつくことができた。

「行っちゃだめだよ。今日は、わるいことがおきる」

輪が必死に止めるので、父はその日、手伝いに行くのをやめた。瓦職人の家で小屋がたおれたという話を聞いたのは翌日だった。柱が腐ってもろくなっていたらしい。積み上げていた瓦も粉々になったという。

「輪がひき止めなかったら、俺も下敷きになっていたかもな」

父はそう言ってわらったが、輪はおそろしさで言葉も出なかった。

父はその日、小屋で瓦につぶされて死ぬはずだった。みなしごになった輪をあわれんでくれたのが瓦職人の夫婦だ。彼らは知り合いの書物問屋にたのみこんで、輪を住み込みではたらかせてもらうようにとりはからってくれた。それが輪のおぼえているできごとだ。しかし父はこの先も生き続ける。自分のそばにいるのだ。これから先は輪のしらない人生だった。

三

「お母さんは、どんな人だったの？」

「おまえの神通力でも、母親の姿までは見えないのか？」

父は荷車をひいていた。屋根瓦を町に運んでいる最中である。輪は瓦といっしょに荷車へ積まれていた。十三歳になっていたが、体は小さく、軽かった。

「わたしのは神通力じゃないよ」

ただ、いろいろなことが二度目なだけだ。それにしても母の顔をしる方法がなかった。似顔絵もないし、母の親戚もいないため似た顔に会うこともない。父に聞いてもわかることは限られている。輪の目は母親似だとか、性格は勝ち気だったとか、そういう話ばかりである。輪が生まれたのと入れちがいに母は死んだ。生まれたとき、目が未発達だったせいか、まわりがぼやけていて、なにも見えなかった。惜しいところで、どんな人が自分のお母さんなのかわからない。

町は村から半日の距離にあった。にぎわっている通りをぬけて、父は瓦の卸し先にむかった。輪は荷車を降りると、父に許可をもらって、一人で町をあるいた。

以前、夫や子どもと住んでいた場所に行ってみた。長屋の密集している地域である。

部屋をちょっとのぞいてみたら別の人が住んでいた。目が合うと「道に迷ったのかい？」と声をかけられ、首を横にふった。道に生えている草や、長屋のあいだから見える空は、記憶のとおりである。酒を飲んだ夫と喧嘩をしたことや、子どもを背負って泣きやませたことをおもい出した。道につき出ている石のでっぱり。よくこれに足をひっかけて転びそうになった。長屋のあいだに生えている木。子どもたちがこれにのぼって遊んでいた。二十七歳のとき、木造長屋の並びを、瞬く間に火の手がおおった。ここで自分は死んだのだ。

書物問屋にも行ってみた。店内の様子や、ならんでいる本がなつかしかった。奥に親方がいた。見なれた顔に、いつもの着物である。前の人生では、いっしょにすごした時間が父親よりも長い。輪はこらえきれずに声をかけた。

「おひさしぶりです！」

親方はおどろいた様子で輪を見る。

「どこかで会ったかね」

「はい、さようでございます！」

急に輪はおもいついた。ここではたらかせてもらえれば、いつか和泉蠟庵にも会えるはずだ。またいっしょに旅をすることができたら、ラピスラズリをくれた老婆のところに行けるかもしれない。首から下げている青い石のことを、輪はもっとしりたかった。あの老婆なら、なにか教えてくれるかもしれない。

「親方、ここではたらかせてください」

輪はたのんでみたが、最初は断られた。しらない奴をかんたんにはたらかせるわけにはいかないという。仕事のことはだいたいわかると輪は説明した。製本から卸しまでの段取りを口で言ってみると、親方は目を丸くしておどろいていた。

本はやっぱり、木版印刷にかぎるなあ。店にならんでいる人情本をながめながら、そんなことをかんがえていると、親方の部屋から声がした。

「輪や、こっちへ来い」

「はあい」

障子をあけて部屋に入る。親方と若い男がむかいあってすわっている。黒くて艶やかな髪は、正座すると畳に毛先があたるかあたらないかという長さだ。『道中旅鏡』の作者、和泉蠟庵だった。輪は正座すると、ていねいにあいさつした。

「はじめまして、輪です」

親方が彼を紹介してくれる日だった。ずいぶん前から、輪はこの日をたのしみにしていた。胸がおどって、顔がにやついてしまう。

「なんだ、きみか。ひさしぶりじゃないか」

和泉蠟庵が、初対面とはおもえない気安さで言った。輪はおどろいて、言葉が出なかった。

「輪をご存知でしたか」

「うん。町中ですれちがうたびに、わたしのほうをじっと見ていたからね。命を狙われているのかとおもった。なんだ、ここの人だったのか」

納得したように和泉蠟庵がうなずいた。彼は旅本を書くために温泉場へ旅をするという。その同行者として輪が参加することになった。

輪は旅の支度をととのえて、ラピスラズリの入った巾着袋を首から下げた。書物問屋の前で和泉蠟庵や耳彦と合流し、友人たちに見送られて出発した。

「上からの命令とはいえ、かわいそうになあ」

山道をあるきながら耳彦が言った。町を出て五日目のことだった。耳彦は旅に必要な一切合切を背負っている。

「女の子は関所を通るとき面倒だしな。念入りに調べられるだろ。入り鉄砲に出女ってやつだ。町に入ってくる鉄砲と、出て行く女には、注意しろってな」

「でも、温泉に入るのはたのしみです」

「まずは温泉まで、無事にたどり着けるといいんだが」

「道に迷うのも、たのしみですよ」

「あの人の迷い癖をしってるのか？」

「それはもう」

「道に迷うのがたのしみなやつなんて、はじめて見た」

輪は、前をあるいている背中を見つめた。結わえた長髪が、馬の尻尾みたいにゆれている。輪にとっては、道に迷うのが旅の目的だった。迷ったすえに老婆のいる村へたどりつくはずだ。病気の子どもをたすけられるように、薬も一粒、持ってきていた。

やがて輪たちは山道で不可解な場所に迷いこんだ。直線の一本道だが、木に印をつけてしばらくあるくと、おなじ印の木が前方から見えてくる。

「わあ、これは道理が通らないなあ」

輪がおどろいてみせると、耳彦は眉間に皺をよせて輪に言った。

「おまえ、ずいぶん、余裕だな」

以前にやったように、右手の雑木林をかきわけて、道をはずれることにした。村は近い。近いぞ。輪は興奮してきた。しかし様子がおかしくなってくる。前とおなじなら川にぶつかるはずだが、そうならない。雑木林がとぎれると平野に出た。すこしあるくと道がある。人通りも多く、馬もはしっている。やがて町が見えてきた。

「運がいい。どうやらわたしたちは、近道したみたいだぞ。あれは、今晩たどり着く予定の宿場町じゃないか」

先頭をあるいていた和泉蠟庵が声を出した。

さらに二週間ほどの行程で、目的の温泉地に到着した。そこは名のしられた場所で、湯治の客も多かった。どうしてこうなってしまったのかわからないが、結局、老婆のいた村を通過することはなかった。

気の抜けたような気持ちで輪は温泉につかった。湯は白濁しており、卵が腐ったようなにおいである。足をぴんとのばすと、旅の疲れが湯の中に溶けて出ていくような気がした。あとで温泉につかった感想を和泉蠟庵に話し、本を書くときの足しにしてもらわなくてはいけない。

湯につかっているときも首から巾着袋を下げていた。たまにラピスラズリをとり出してながめてみる。輪といっしょに母の胎内から出てきた石は、こわくなるような青色である。これをくれた老婆も、何度か死んで、何度か生まれてきたのだろう。自分にこれをくれたのち、あの老婆は、死んだまま、赤ん坊にもどることはなかったのではないか。たとえ村にたどりついて、あの老婆に会ったとしても、ラピスラズリを持っていないのではないか。青い石のことなどしらない人生をおくっているのではないか。でなければ、この世に不思議なラピスラズリが二個あることになってしまう。

湯の中で見るラピスラズリは、この世にあるほかのすべての青はまがいものだ、とさえおもわせる色だった。老婆はこの石について、なんと言っていただろう。おもい出すのに時間がかかった。

自殺してはいけない。

自殺したら地獄に行くぞ。

たしか老婆は、そう言った。


旅からもどると、書物問屋ではたらく日々がつづいた。前の人生と異なり、その後も和泉蠟庵や耳彦との旅に何度かついて行った。和泉蠟庵の迷い癖にまきこまれて、災難にみまわれたことも多かった。三日間、山の中で迷った末に、この世のものとはおもえない風景にでくわしたこともある。めずらしい土産を持って、故郷の父親のもとにも顔を出した。父が年齢をかさねて、老人になっていく様子は、前の人生では見られなかったものである。

以前に旦那だった男と町ですれちがった。十年もいっしょに暮らして、三人の子どもをつくった男が、赤の他人としてあるいている。遠くから見るだけで声はかけなかった。そのうちなにもしなくても親方が紹介してくれるはずだ。

しかし輪は別の男と結婚することになった。出かけた先で若い商人の男と知り合い求婚されたのだ。見栄えもよかったし、性格もそれほどわるくないし、こういうのもいいだろう。それに、彼には商売の才能がある。一度目の人生で、その男が商売人として成功するさまを見ていた。

輪は商人の妻としての人生をあゆみはじめた。前の人生で暮らしたような長屋ではなく、立派な家で子どもを産んだ。はじめての出産のはずだが、輪にうろたえる様子がないので周囲はおどろいていた。子どもをあやす手つきも、若い母親にしては手馴れているので、姑《しゅうとめ》が文句を言うすきさえなかった。

一度目の人生で最初の子どもは男の子だったが、今度は最初に女の子が生まれた。父親がちがうせいだろう。では、木造長屋で自分が背負い、乳を飲ませて育てた子どもたちは、どこへ行ってしまったのだろう。またいつか会えるのではないかと期待していたが、どうやら生まれてきてはくれないらしい。子どもたちの人生をまるごと消してしまったようで心苦しくなった。あたらしく産んだ子どもを育てているうちに、前に産んだ子どもたちのことを、あまりおもい出さなくなった。それがまた、よけいにかなしかった。

子どもの一人にこのラピスラズリを渡そう。いつも輪はそうかんがえた。自分はもう充分に生きた。次は子どもの一人に生きてもらおう。でも、一晩たつとこわくなって、首から下げた巾着袋をはずすことができなくなる。そのまま日々がすぎていった。

ラピスラズリを老婆からもらったのは遠い昔のことになった。老婆はなにをおもいながら自分にラピスラズリを渡したのだろう。青い石は命そのものだった。これをだれかに託すときのおもいとは、どのようなものだったのか。

それにひきかえ、自分のあさましさに愕然となる。これだけ生きればもういいだろうに、ラピスラズリを手放すのがこわかった。今まで免除されていたせいか、死への恐怖が以前よりも大きいようにおもう。せめて死のむこうがわに、死者たちが幸福に暮らす別の世があればいいのに。輪は宗教の本を読んでみた。活版印刷でつくられた異国の本にも目を通した。しかしどれも恐怖を消し去ってはくれなかった。

いつか、この恐怖がなんともなくなる日がくるのだろうか。でなければ、自分は永遠に生きることになる。せめて好きな人のためにこのラピスラズリを手放そうと決めた。

四

二度目の人生でも多くのよろこびと悩みがあった。夫が浮気をして殺そうとおもったこともあれば、姑が自分の味方をしてくれて本当の母親のように感じたこともある。二人目の子どもが病気で死にかけたとき、薬の最後の一粒をあたえて持ちなおした。

やがて輪が二十七歳のとき、長屋の密集している地域で火事が起きた。自分が死ぬはずだった火事である。今度は住んでいる場所がちがうため、被害にはあっていない。

そのかわり、一度目の人生で夫だった男はその火事で死んでしまった。

輪はこれまで体験したことのない年齢になった。三十代になり、子どもが次第に大人びた顔つきになる。四十代のとき、父親と姑と夫を次々に失った。五十代になると、子どもたちが嫁いだり、嫁をもらったりした。孫もできて、輪は家業の一切を子どもたちにまかせて隠居した。鏡を見ると、皺だらけの顔が映るようになった。はしることもできなくなり、雨の日には膝《ひざ》の関節に痛みがある。こんなときに温泉に入れたら、とおもう。結婚して以来、和泉蠟庵や耳彦とは疎遠になっていた。彼らがどのような人生をあゆんだのかわからない。

五十五歳のある日、頭痛がして、急に意識がなくなった。次に目が覚めたとき、輪は布団に寝かされていた。孫娘たちがそばにいる。歌いながら手遊びしている彼女たちの着物の袖が、風になびく花びらのようだった。ラピスラズリの入った巾着袋は首から下がったままである。輪はそれをにぎりしめて目を閉じた。次は母の顔を見ることができるだろうか。痛みが再び、頭をつらぬいた。

紐のようなものが、羊水《ようすい》の中をただよっている。母の胎内はぬるい温泉のようだった。産婆が母の腹を割いて、自分をとり出してくれた。輪は目をあけて周囲を見た。羊水と血の感触。全身が空気にふれる。蠟燭《ろうそく》の光らしい明かりが見える。しかし、赤ん坊の目は、すぐにはたらきはじめるわけではないらしい。すべてがぼんやりしている。結局、母の顔は見られなかった。あとから聞いた話によると、自分の小さな指は、青という青を凝縮したような石をにぎりしめていたという。

輪の三度目の人生がはじまった。父親の腕に抱かれて、故郷の田園風景をながめる。裏手の花畑で、蝶が舞っている。またここにもどってきた、という感慨がわいた。神通力を持っているなどと言われて気味悪くおもわれないように、今度は普通の子どものふりをした。言葉は理解できたが、話しかけられてもわからないという顔をつくった。前回は神童と呼ばれて敬われたかわりに、人を遠ざけてしまった。しかし今回は同い年のあそび友だちが大勢できて、村人たちも気軽に話しかけてくれた。

そのかわり、村が大水に見舞われる年に気をつけろと主張しても、輪の話を聞いてくれる者はいなかった。前回は輪に神通力があるとおもわれていたから、村人たちは聞きたがったのだ。被害は前回の比ではなかった。

父親が瓦職人の家で事故死するのを防ぐため、父にだけは、自分のこれまでの人生を教えた。老婆にラピスラズリをもらって、すでに二度の死を体験したことを説明する。父はおどろいていたが、村が大水になり、それを事前に輪がしっていたことは事実である。父は輪の言うことをきいて家にいてくれた。瓦職人の小屋が倒れる日、父親は輪の言うことをきいて家にいてくれた。

成長しても今度は和泉蠟庵とともに旅へ出ることはしなかった。おなじ日に山で迷ったとしても、あの村にたどりつくことはむずかしく、老婆にも会えないだろうという気がしていた。

今度は父親のそばで一生をすごしてみよう。輪は父親の農作業を手伝いながら、村の人々とおだやかな時間をすごした。貸本屋の持ってくる本にあきたら、町に出向いて、思い出の土地をながめてあるいた。書物問屋や以前の結婚相手の家を遠くから見た。和泉蠟庵や耳彦の姿を捜し、赤の他人として友人たちとすれちがった。

前の人生で五十代まで生きたせいか、友人たちの今後が輪にはわかっていた。川でおぼれ死んでしまう友人に近づき、川のそばをあるかないようにと忠告した。知り合いにだまされて借金を負う友人には、あまり人を信じすぎないようにと言っておいた。

父親の知り合いが輪の結婚相手を捜してきた。容姿がすぐれているわけでも、財産を持っているわけでもないが、心はやさしかった。輪はその男と幸福な生活をおくった。怒って喧嘩することもまれで、浮気もせず、家の中はわらいがたえなかった。

彼とのあいだには子どもができなかった。父親が病気で死んでしまうと、夫と二人きりになった。庭先にすわり、枯れた柿の木をながめながら、長い時間、夫婦でおしゃべりをした。夕焼けで雲が桃色になり、二人の影が長くのびた。子どもや孫のいた日々をおもい出した。よくこんな夕方に子どもがあそんでいたっけ。ころんで膝をすりむいて、泣きながら帰ってきたっけ。

死んで生まれてをくりかえし、これまで生きた年数が、百年以上になった。出会った人は数知れない。それでも自分がそだてた子どもたちの顔や名前はおぼえていた。どの子がどんな性格をしていたのかもわすれていない。千年以上生きたとしても、腕に抱いた子どもの重みをおぼえているだろう。

自分の母はそれをしらないまま生を閉じたのだ。生きれば生きるほどに母のことをかんがえるようになる。輪が赤ん坊として生まれてくるたびに、母は血と羊水をまきちらして死ぬ。まるで、自分がくりかえし、母を殺しているような気分になってくる。

四十代で夫が他界し、それから二十年後、輪は眠るように死んだ。

三度目の人生が終わり、輪はラピスラズリをにぎりしめて、四度目の母の胎内にもどった。輪が生まれると同時に母は死んだ。未発達な目では、やはりその顔を見ることはできなかった。望めば永遠にものごとをかんがえつづけることができる。無限に思い出をつくることもできる。しかし母の姿を一目でも見ることはかなわないのだ。

四度目、五度目、六度目の人生を、輪は勉強に費やした。死んで赤ん坊にもどるとき、旦那や子どもたちは持っていけないが、見聞きしたことはのこっている。それなら多くを学び、知識を蓄積して、世の中に役立てようとかんがえた。輪は異国の言葉を学び、医学書を頭にたたきこんだ。薬の種類にもくわしくなり、薬草や毒草について挿絵入りの本を書いた。壊れにくい橋や、火事になりにくい長屋の設計もやってみた。死んでまた赤ん坊にもどると、自分の業績は白紙にもどっている。それでもまたはじめから本を書き直した。

父の死、夫の死、そして子どもの死を何度も体験する。涙がこぼれて、慣れることはなかった。どうしてこんなにかなしいのだろう。いっしょにいた人が、ある日を境にいなくなる。その人と過ごした日々が、胸にいつまでものこる。生まれてきもしなかった子たちのことを、今では他人となった夫のことを、愛しつづけている。身の奥底から、その感情が、とめどなくあふれ出し、枯れることはない。涙さえ尊いとおもう。この愛も、かなしみも、すべて母がくれたものだ。

六度目の人生の終盤でのことだ。娘が子どもを出産したとき、赤ん坊の首に臍の緒が巻きついていた。首に臍の緒が巻きつくのはよくあることだ。それで死んでしまうことはあまりない。しかし、臍の緒が何重にも巻きつくと危険だ。そうなると死産になる場合が多いという。胎児は臍の緒を通じ、母親の体から様々な要素をもらっている。輪は医学書を読んでそのことをしっていた。おそらく臍の緒が何重にも巻きついて圧迫されることにより、生きるのに必要な要素が届かずに死んでしまうのだろう。

その後はおだやかな日々がつづいた。思い出の場所をあるき、夕焼けの空や雨のつくる水たまりをながめた。やがて体の具合がわるくなり、散歩ができなくなった。布団で寝たきりになると、親しい人々を家にまねいて談笑した。中には、なぜ自分が呼ばれたのかわからないという者もいた。輪にとっては前の人生で交流を持っていたが、むこうにとっては初対面という者たちだ。

和泉蠟庵は輪のいる部屋に通されると、布団のそばに正座した。輪と同様に彼も年老いていた。顔や手に皺が刻まれて髪も白くなっている。しかし睡蓮のようなたたずまいは変わらない。

「来てくださって、ありがとうございます、和泉先生」

輪は布団から半身を起こしてあいさつした。

「きみか。ひさしぶりじゃないか」

「お会いするのは、はじめてですよ？」

「町ですれちがうとき、わたしを見てたでしょう。若いころのことだけど」

娘がお茶を持ってきてくれた。

「先生の旅の本、すべて、読ませていただいてます」

「万物の知識を持つという女性が、わたしの本などを読まれているとは」

「やめてください。万物の知識なんて、持っていませんから」

町でそういう噂が広まっているらしい。輪はできるだけ目立たないようにやっているつもりだったが、災害の発生を事前にしらせたり、しっているはずのないことを口にしたりするせいで、いつのまにかそう言われるようになっていた。

「せっかくだから教えてください。どうやったら私の本が売れるようになるのか」

「以前はあなたのことがずいぶん大人みたいに見えましたけど。こんな年齢になったら、もうどっちが年上かなんて関係ないですね」

「どうやらそのようですね」

「先生がはじめて出した本、故郷の村に、貸本屋さんが持ってきてくださいました。あれはまだ、わたしが五歳くらいのころでしたっけ」

「当時からあなたは、だれにも教わってないのに、異国の言葉が話せたという噂だ」

輪は和泉蠟庵に、いろいろな旅の話を聞いた。耳彦が何年前に、どんな死に方をしたのかも教わった。和泉蠟庵はあいかわらず旅に出ては道に迷う日々だという。彼を慕ってあつまってくる若者もいるらしいが、道に迷ってこわい目にあうたびに減っていくそうだ。

輪は、最初に彼と会ったときのことをおもい出した。自分はこの人にほれたのだ。最初の人生の、はじめて抱いた感情である。これまで何人もの相手と結婚したが、どういうわけかこの人とは結ばれなかった。ずっと心のどこかでおもっていたはずなのに、なにも言わないままだ。

夕暮れがせまり、和泉蠟庵が帰ることになった。輪はなごり惜しい気持ちでわかれをつげた。

「そういえば、首から下げているそれはなんです？」

最後に彼が聞いた。輪は巾着袋から青い石をとり出して見せた。

「大昔に、ある人がくれたお守りです」

和泉蠟庵は、石に顔を近づけた。

「瑠璃だね。異国の言葉で、ラピスラズリ」

「はい。以前もそのように、教えてくださいましたね、先生」

「そうだっけ？」

「勘違いでした」

「きっと、夢でも見たのだろう。寝て、起きてをくりかえすたびに、今のこれが夢なのかどうか、わからなくなるものだ」

和泉蠟庵はそう言いのこして帰っていった。輪のいる部屋から、開け放した縁側が見える。光のさす庭を、蝶がゆらゆらと舞っていた。

一週間後、布団のそばで孫とあそんでいる最中に発作がきた。たおれた輪の顔を、不思議そうに孫が見下ろしていた。

死んだときはいつも、暗い穴へ落ちていくような感覚がある。

ぬるい温泉のような場所にしずんで、今度は浮上する感覚。

気づくと輪は母親の子宮にいた。まわりが闇なのは、胎内にいるせいか、目が未発達なせいかだろう。あたたかい羊水に未熟な体がつつまれていた。

自分の意思で手足をうごかすこともできた。しかし指の感覚がない。まだ指が形成されていないのかもしれない。

見えないし、感じもしないが、自分のそばに青い石がただよっているはずである。腕の先端にくっついているのかもしれない。このまま生まれたら七度目の人生を送ることになる。しかし輪はそうすることをのぞんでいなかった。

自分の臍から紐状のものがのびて胎内の壁につながっていた。輪は体を回転させて何重にも自分の首に巻きつけようとした。体の感覚が全体的にぼんやりしているため何回やっても失敗する。自分の体が大きくならないうちに死ねばいい。そうすれば母は出産で死ぬこともない。胎児の段階で自殺すれば、母を救えるのだ。

自殺をしてはいけないと老婆は言った。自殺すると地獄に堕ちると。そこはどんなところだろう。ラピスラズリのおかげで人よりも人生を長くすごせるくせに、それを自ら放棄するのだ。その罪ははかりしれない。地獄で責められる苦痛はどれほどのものだろう。こわくないと言えば嘘になる。それでも母を生かしたいとおもう。いつか健康な体で弟か妹たちを産み育て、自分の感じたような幸福が、母のこの先に訪れますように。生きていくことの尊さ、涙の意味に心をうごかされる瞬間が、母の生命にもありますように。輪という名さえまだついていない胎児は羊水の中で祈った。

やがて胎児の未発達な首に、臍の緒が三重に巻きついた。暗闇の中で胎児は、手足をのばし、ぎゅうっと自分の首をしめつける。臍の緒が圧迫され、母親からおくられてくるものが止まった。痛みを感じることなく胎児はうごかなくなった。

輪は地獄に堕ちた。

五

ある日、蕎麦屋で和泉蠟庵が言った。

「十日後に西の温泉地へ行くことになったんだが、次も手伝ってくれないか？」

温泉に行くまでの道順や効能を調べて本に書くための旅だった。それが和泉蠟庵の生業《なりわい》である。これまでに何度か荷物持ちとして旅に同行したことがある。しかし彼は神懸かり的な方向音痴だった。東西南北がわからないというだけではない。おかしな迷い方をする。だから耳彦は断ることにした。

「男二人で旅をするなんて、そんなつまらないことはない」

「そういえばそうだね。じゃあ、女の子を仲間にひき入れよう」

おかしなことになったな、とおもいながらも面倒なので耳彦はだまっていた。蕎麦屋ではたらいている女の子が、さっきからやたらとかいがいしく和泉蠟庵にお茶を運んでくる。蠟庵は若く、顔も良かった。もしかして、この人とならんでいたら、自分は普通より劣って見えるのではないか。今後はできるだけ距離をとってあるこう、などと耳彦はかんがえる。

人づてに聞いた話によると、和泉蠟庵はその後、版元である書物問屋にかけあってみたらしい。旅に同行してくれそうな女を紹介してもらおうとしたのだ。本を書くための旅である。書物問屋の親方も、和泉蠟庵を手助けしてやりたかったが、首を横にふったという。

「うちで女の子がはたらいてたら、そいつを同行させてたところなんですがねえ」と親方は言ったとか言わないとか。

結局、次の旅も和泉蠟庵と耳彦の二人旅になった。耳彦が同行を決断したのは生活のためだった。酒に酔いつぶれたところをスリにやられて一文無しになったのである。荷物を背負って、自分についている貧乏神をのろいながら、耳彦は和泉蠟庵の後ろをついていった。

稲の葉が一面にならぶ農村を通りかかった。雲がひとつもなく、空は群青色だった。民家の裏手に花畑があり、そこを色とりどりの蝶が舞っていた。和泉蠟庵が景色をながめながら話をした。

「蝶々を見ると、全部、夢なんじゃないかとおもえてくる。そういえば、こんな話をしってるかい」

十数年前のできごとだ。ある村に、子どもを流産した母親がいたという。流れてきた胎児の首には三重にも臍の緒が巻きついていたそうだ。

「三重にも巻きついてるのは、あまり聞かないですね。不幸な子だ。母親は、どうなったんです？」

「もちろんかなしんだが、そのあと何人か子どもにめぐまれたらしい。それより、おかしなことがあってね」

流産したとき、胎児の死骸といっしょに、母親の腹から石が出てきたらしい。群青の表面に、金色の粒をまぶしたような石だったという。その青い石がなんだったのか、だれにもわからなかった。長いこと大事に保管されていたが、子どもたちが見つけておもちゃにしているうちになくなってしまった。今ごろ、どこかの畑の中にでも埋まっているのだろう、と和泉蠟庵は言った。

湯煙事変

一

　夜が明ける前に宿場町を出発して峠を越えた。あたりが明るくなってきたら提灯《ちょうちん》を消して蠟燭《ろうそく》の節約をする。街道沿いは旅人が多いのでさびしくなることはない。私の背負っている革袋には旅の荷物が入っていた。糸針、櫛《くし》、火打ち道具、麻綱、印板。あるくたびにそれらが袋の中で音をたてる。和泉蠟庵《いずみろうあん》という男の荷物持ちとして旅に同行していた。これまでにも何度か彼と諸国の温泉地をめぐっている。

　和泉蠟庵は旅本を執筆し、それを出版して生計をたてている。街道が整備されて旅がしやすくなってきたとはいえ、まだ一度も住み慣れた場所から出たことがないという者は多い。彼らは旅先でのふるまい方もわからず、温泉の入り方もしらない。そのような者たちにとって旅本は必要不可欠のものである。とくに温泉の文章が書いてあるものは人気だ。よい温泉は病を治す。痛みをとりのぞく。療養のため温泉地に長期滞在する者はめずらしくない。

　本の版元は、どの旅本にも書かれていない温泉の噂を仕入れると、和泉蠟庵に金を出し、旅をさせ、温泉地に行かせる。もどってきたら本を書かせて出版する。私は彼の旅の手伝いをして、そのおこぼれにあずかっている、というわけだ。

和泉蠟庵は女のように長い黒髪である。馬の尻尾のように結んでいる。そして重度の方向音痴だ。旅本の作者であり、旅の百戦錬磨という人間のくせに、かならず道に迷う。町を出発して何日も旅をしたのに、なぜかいつのまにか町の反対側に到着してふりだしにもどったという経験もある。そのような不毛にたえかねて、もう付き人はやめたいとおもっているのに、やめられないのには事情がある。

なぜ借金ができてしまったのか。これは私にも理由がよくわからない。先日の博打《ばくち》が悪かったのかもしれないが、はたしてどうだろうか。ちょっと賽子《さいころ》とあそんだだけで、あんな借金などできるものだろうか。私のかんがえでは、金がふえてしばらくのあいだ、はたらかなくてよくなるはずだったのに、なぜか逆に金が消えている。なにか夢でも見ているようだ。

「私は、世間から、ろくでなしだとおもわれているのです」

川を越える渡し船の上で和泉蠟庵に言ってみた。

「ろくでなしでも、いいじゃないか」

近づいてくる対岸を見ながら和泉蠟庵は言った。渡し船の船頭がすれちがう船に声をかけた。威勢のよい声が青空にひびきわたる。

「よくありません。女の子に声をかけても、ご冗談を、とわらわれるのです。いくつかの店では出入り禁止になってしまった。これ以上、生きていても、無駄なのかもしれない……」

「そんなときはね、子どものころの、たのしかったことをおもい出すといいよ。なにか、あるだろう、きみにだって。いいおもい出の、ひとつやふたつ」

すこしかんがえてみる。なにもなかった。

死んだ両親も私のことをそんなにかわいがらなかった。

子どものころにあそんだ女の子も、顔をわすれてしまった。そのうち胸がうずいてきて、痛みのようなものがあらわれた。

「なにもない。なにもないですよ、蠟庵先生」

あの少女は、どのような顔をしていただろう。

ゆのか。たしか、そういう名前だった。

私と和泉蠟庵がその村にたどりついたのは偶然だった。本来、予定していた宿泊場所は別の町である。想定外の村で宿をとるはめになった経緯はいつものような具合だった。川を渡り終えた私たちは、さっそく道に迷ってしまったのだ。いつのまにか街道からはずれてしまっており、だれともすれちがわなくなった。そろそろ宿場町につくはずだが家が一軒も見あたらず、まわりは野山だった。さあ、いつもの不毛がはじまりましたよ、と私は胸中でつぶやいた。すぐに道をもどりはじめたが、見覚えのある景色には出会わない。日が暮れて、提灯に明かりをともしてあるくが、どの方角をむいてすすんでいるのかもよくわからない。今晩は野宿だと覚悟をきめたころに畑が見えた。近くに人の住んでいる集落があるということだ。そのようにして私たちは山《やま》裾《すそ》の村にたどりついたのである。

「災いが転じて福になったかもしれない」

和泉蠟庵が言った。月明かりに縁取《ふちど》られた山の影を見つめている。

「このにおい。温泉がすぐそばにあるはずだ」

言われて気づいた。村に入ってからというもの、鼻がつんとするような温泉のにおいがたちこめている。この地方に温泉があるという話は聞いたことがない。どの旅本にも紹介されていない。ほんとうにこの村に温泉があったとしたら、版元が報酬に色をつけてくれるかもしれない。彼の迷い癖も、たまには役に立つらしい。

何軒か民家をたずねあるき、顔を見せた村人に、温泉と宿の有無を確認した。村人たちはどの人も陰気だった。どんよりと濁った目で私たちを見つめ、話がすんだらぴしゃりと戸をしめた。しかし山の麓《ふもと》に旅人用の宿があると判明したので、私たちはそこへいそいだ。

竹林にはさまれた道を通り宿に到着した。さびれており、提灯をかざすと屋根から草が生えているのが見えた。宿の主人は村人同様に陰気な初老の男だった。常に顔をうつむけて、表情は暗い影の中にあって見えなかった。私と和泉蠟庵は彼のふけにまみれた頭頂部ばかりを見て話すことになった。声は小さく、なにを言っているのか聞きとれないことがあった。この地方独特の言葉をつかうので、それはどういう意味かと聞き返すが無視をされた。部屋に案内され、腐った畳のやわらかさに私がおどろいているとき、和泉蠟庵が宿の主人に聞いた。

「ところで、この村には温泉があるのではないですか？」

「裏の道をのぼっていったとこにありますよ。でも、夜には行かないほうがいいでしょうね」

「どうして？」

「昼のうちは大丈夫なんですがね、なぜか夜にこの村の温泉に入ると、もどってこられなくなる人が多いのです」

「道に迷うという意味ですか？」

「いいえ。温泉を出た様子がないのですよ。次の日、脱ぎ捨てられた着物だけが温泉のそばで見つかるのです。みなさん、どこに行かれてしまったのか……」

宿の主人はそう言うと私たちを部屋にのこして立ち去ろうとする。呼びとめても、聞こえないふりをしているのか、さっさと行ってしまった。暗闇に背中が消えてもしばらくは、彼があるくときに床板のきしむ、ぎっ、ぎっ、という音だけが聞こえてくる。

私と和泉蠟庵は、ぐにゃぐにゃとしずむ湿った畳の上に荷物を置いた。部屋の障子《しょうじ》は無惨に破けており外が見える。月明かりが闇の中に青々とした竹林を浮かび上がらせていた。温泉に通じているらしい細い道が竹林の奥につづいている。なにかが腐ったかのような温泉の臭気がただよってきた。

「さて、主人もあのように言っていたし……」

和泉蠟庵も私の隣で破けた障子の穴から外を見ている。

「そうですね、今日のところは……」

もう眠りましょう。私はそうつづけようとしたのだが、和泉蠟庵はちがうことを言った。

「さっそく、きみに、温泉へ入ってきてもらおうか」

二

和泉蠟庵いわく、温泉になにかしらの危険があったら旅本に書けない、だからそれを調べてきてほしい、とのことだった。たしかに宿の主人が語った話は気になる。しかし、あのような話をされて、すぐに夜の温泉へ足を運ぶような気持ちにはなれない。

私は和泉蠟庵の提案に聞こえないふりをして、部屋のすみに折りたたまれていた布団をかぶり、さっさと眠ることにした。

翌朝、ふくらはぎのかゆみで目が覚めた。かゆみはそれだけにとどまらず、腕や首、足の甲、手の指先にまで広がった。朝のうす明かりが部屋にさしこんでおり、その中で目をこらすと、全身に赤いぶつぶつができていた。私の使用した布団に大量の蚤《のみ》がいたらしい。湿ってつぶれているほころびだらけの布団をたたいてみると、蚤がざらざらと畳にちらばって、あっちこっちにはねて逃げまどう。そのあいだも私はかゆくてしかたない。爪で全身をかきむしった。

不思議なことに和泉蠟庵は蚤の被害にあっていなかった。私の悲鳴で起きた彼の体に赤いぶつぶつは見あたらない。なぜなのかと聞いてみると、彼は布団の中から草をとり出した。山道でよく見かける草だった。

「これは苦参《くじん》という草だ。念のため、昨日、採集しておいた。これには蚤をしりぞける効果がある。私が蚤に食われていないのは、これを布団に入れて眠ったからだよ」

「そんなものがあるなら、なぜはやく出さなかったんですか。おかげで、ほら、見てください」

腕やふくらはぎの惨状を見せた。しかし和泉蠟庵はすまし顔である。

「蚤に気をつけろと、忠告する前に、きみが眠ってしまったんじゃないか」

わざとだまっていたのにちがいない。

「ところで、この村にあと何泊かしてみよう。温泉のことが気になるからね」

「じゃあ、今晩もこの部屋に？　蚤を追い払うという、その草を、わけてください」

左右の手で別の場所をかきながら私はたのみこんだ。

それにしても明るくなってあらためて周囲を見るとひどい部屋だった。天井に蜘蛛《くも》の巣が張りめぐらされ、小さな蛾がひっかかっている。部屋のすみにおいてある行灯《あんどん》はほこりをかぶっており、皿の油は黒いどろどろになっている。

私と和泉蠟庵は部屋を出て宿の主人にあいさつした。竹林に囲まれたこの宿は、昨晩に応対した初老の男とその妻が二人で営んでいるようだった。男の妻もほかの村人とおなじように陰気で、頭痛がするとでもいうようにいつも顔をゆがめていた。女の炊いた飯と味噌汁が朝食だった。飯の中には小石や女のものとおもわれる白髪が入っており、味噌汁はあきらかに泥水のにおいがした。客は私たちのほかにいないようだ。

宿の主人に温泉の話を聞いてみた。夜に入るともどってこられなくなる、という話は事実なのかどうか。かつてそのようなことがあったのかどうか。しかし宿の主人はまともに返事をしてくれない。

「昼間に入れば、だいじょうぶですよ」

それだけだ。ほかにすることもないので、私と和泉蠟庵は温泉に入ってみることにした。主人の話はさておき、湯船につかって疲れをとりたかった。温泉のにおいがすぐそばからただよってくるのに、入らないまま村を出て行ってたまるか。

手ぬぐいを持って私たちは宿の裏手の小道をすすんだ。無数の竹が両側に茂っている。道は山の斜面に真っ向から挑むようなのぼり坂である。しばらくすすむと、後ろに見えていた宿が竹林のむこうに消えてしまい、そのかわり前方に湯気のたつ崖が見えてきた。崖の岩場で竹林はおしまいになり、あたりには湯気の白い靄《もや》がたちこめた。

岩場を上がってみると、崖の途中で棚のように張り出しているところがあり、そこに湯のたまり場があった。だれかが岩をくりぬいてつくったものではなく、岩のへこみに湯がたまっているような自然のままの温泉だ。大人が五人も入ればいっぱいになる程度の広さだ。湯は白濁しており、湯の華がただよっている。足をつけてみると、やや熱めの、ほどよい湯加減だった。

和泉蠟庵には温泉の入り方について独自の美意識があるらしいが、私は気にせず着物を脱いでざぶんとつかった。眼下に竹林の広がる絶景だった。背後には崖がそびえており、岩のごつごつとした感じもまたよい。

なにも問題は起こらず、温泉を堪能して私たちは宿にもどった。全身のかゆみもすっかり治ってしまった。部屋に入るなり和泉蠟庵は日記帳を広げて、温泉のことを記録した。お湯の色やにおい、深さや広さ、宿から温泉までの距離、予想される効能といったものをすらすらと書いていく。いつか旅本を書くとき必要になるからだ。しかし途中で筆をとめると、和泉蠟庵は私を見て、なにかを言いたそうにする。

「わかりましたよ、行けばいいんでしょう、夜に……」

私はしぶしぶそう言った。さきほど実際に入ってみて、どこにでもある温泉に見えたから、変わったことなど起こらないという気がしてきた。

「そのかわり、苦参をくださいよ。もうかゆいのはごめんです」

夕飯は飯と味噌汁と筍《たけのこ》の煮物だった。宿の主人の妻が用意した食事である。一口食べただけで私と和泉蠟庵は目をあわせ、それ以上、口にはしなかった。


夜が更けて月が出る。竹が暗闇の中でならんでいる。私は提灯で足元を照らしながら進んだ。昼にあるいたのとおなじ道である。しかし日が暮れただけでずいぶん印象がちがう。温泉までの道はこんなに長かっただろうか。どこまであるいても竹林がつづいているような気持ちにさせられる。やがて白い靄が出てきて竹林はとぎれる。崖が目の前にそびえており、中腹の突き出たところに温泉があるはずだ。しかし昼間よりも湯煙が濃くたちこめておりほとんど足元しか見えない。ころばないように気をつけながら岩のあいだをのぼって、ようやく温泉にたどりついた。

やけに静かである。虫の音もしない。着物を脱いで、湯に足をつける。湯がゆれる音さえはっきり聞こえる。湯煙が夜空まですっかりおおっている。温泉のむこう岸は白さの中に溶けており、眼下にあるはずの竹林も背後の崖も見えない。月明かりが照らしているせいなのか、提灯をおいた場所から離れても、湯煙全体が白くぼんやりと明るい。

はじめのうち、宿の主人の言ったことを気にしていたが、湯につかっていると、どうでもよくなってきた。温泉の湯が肌をぬるぬると気持ちよくさせる。爪先から首の後ろまで体の内側からあたためる。たのしまないと損だ。しばらく入浴してみたがなにも起こらない。岩場に腰かけて体を冷ましてからまた入ってみる。

宿の食事のまずさについてかんがえていたとき、だれかの気配に気づいた。温泉につかっているのは自分だけかとおもっていたが、耳をすますと、ちゃぷちゃぷと、だれかが温泉の中をあるいているような音が聞こえる。

目をこらすと、白い湯煙のむこうに、ぼんやりと人影が見えた。気づかないうちに私以外の者が竹林の道を抜けてきたのだろうか。

「よい湯加減ですね」

話しかけてみる。返事はない。人影は微動だにしない。耳の遠い老人なのかもしれない。そばによって、あいさつしてみようか。湯煙にまぎれて、顔や姿がぼんやりとしかわからないのが気持ち悪い。立ち上がり、ざばざば、ざばざば、と波をたてながら人影に近づいてみようとした。底がぬるりとすべりやすくなっている。

人影がふえていた。温泉にいるのは、私ともう一人だけではない。目をこらせば、三人も四人も湯につかっていた。じっと湯につかっている者がいれば、立って移動する者もいる。どの人影も無言である。たまにささやき声のようなものが聞こえるが、ほとんど聞きとれない。

不思議なことに気づく。一番遠くに見える人影は、たしかに湯につかっているらしいのだが、私のいる場所からずいぶん離れていた。昼間に見た温泉の広さをかんがえると、その人影のいる場所は、崖のむこうのはずである。しかし私自身のたてた湯の波はどこまでも広がっていく。湯煙の中で温泉の端が消えていた。後ろをふりかえるが、着物を脱いだ岩場は見あたらない。提灯の明かりもない。前後左右、濃密な白い湯煙がたちこめており、足元にほどよい湯加減の温泉があるだけだ。

おそろしい。でも、あいかわらず心地よかった。逃げ出したいような気もするが、ひとまず私のしたことは、肩まで湯につかり、ああ、とため息をもらすことだった。

人影のひとつが咳払いをした。おえっ、おえっ、とえずくような咳を二回、すこし休んで、もう一回。私はその咳払いのしかたに覚えがあった。生前の父とまったくおなじではないか。

もしかしたらとおもい、ほかの人影も観察してみる。すぐにわかったのは片腕のない人影である。湯煙で体の輪郭がぼんやりしていても左腕がないことくらいはわかった。それは一昨年の冬、辻斬りにあって殺された友人をおもい出させる。見つかった友人の死体は左腕を切り落とされていた。見つめていると、その人影が立ち上がり、湯の中を移動しはじめた。切り落とされた腕を、もう一方の手で大事にかかえているのが湯煙越しにわかった。

鼻歌が聞こえてきた。人影のどれかが歌っているようだ。弱々しい音は、注意深くしなければ聞こえないほどの大きさである。ああ、母もいるのか。私は湯にひたりながらおもった。その鼻歌は、ずっと昔に死んだはずの母が歌っていたものだ。

そのころになるともう、おそろしさや不安といったものは消えていた。それよりも、私は人影のひとつひとつに、あいさつをしてまわりたいという欲求が出てきた。

「なあ、あんたたち。ひさしぶりだね」

私は呼びかけて、近づこうとした。そのとき、意外な声が聞こえてくる。

「だめだよ、耳彦」

少女の声だった。人影のひとつが、ちゃぷちゃぷと湯の音をたてて私に近づいてくる。その背丈は、私の胸元よりも低い。まだ子どもの大きさである。

「だれだ？」

「わすれたの？」

顔を見ようとするが、湯煙が邪魔をする。ぼんやりとした影でしかない。

「ゆのかだよ」

人影はそう言うと、白い湯煙のむこうで、肩まで湯につかった。

「ゆのか？　おまえ、あの……」

顔をおもい出そうとするが、だめだった。

「でも、おまえ、ずいぶん、小さいぞ……」

私よりも一歳上だったはずだ。

「当然でしょう。だって、私が死んだのは、子どものときだったもの」

「死んだ？」

「そうよ」

私はほかの人影をひとつずつふりかえる。そういえば、死んだ人間が湯船につかっているというのは妙なものだ。温泉があんまり気持ちいいものだから、すっかりそんなことをかんがえなくなっていた。ゆのかの話を聞いて、急に私はこわくなった。

「ここはどこなんだ？」

私は目の前の小さな影に一歩つめよった。湯煙がすこしだけうすれる。ぬれた髪の毛、耳の形、ゆのかの目鼻立ちが見えそうになる。しかし少女の人影が私から遠ざかって距離はもとにもどる。

「だめよ、こっちに来たら。さあ、帰りな」

そのとき私の背後から聞きおぼえのある声が聞こえた。私の名前を呼んでいる。和泉蠟庵の声だった。

私はおそろしさにかられて、声のするほうにはしった。ざばざばと湯が波打った。やがて私は岸にたどりついた。脱ぎ捨てた着物や提灯がおいてある。提灯の蠟燭はすっかりなくなっている。和泉蠟庵が私を見つけてかけよってきた。もどってくるのがおそいので私を呼びにきたと説明をうける。

すでに夜は明けていた。風が吹いて湯煙が晴れると温泉の全体が見えるようになる。五人が入ればいっぱいになるほどの広さにもどっている。私と和泉蠟庵のほかに人は見あたらない。温泉につかっていた人影たちも、私に話しかけてきた少女の影も、湯煙といっしょに消えていた。

三

「ゆのかというのは、いったいだれだったんだね」

竹林を散歩しながら和泉蠟庵が聞いた。

「子どものころ、いっしょにあそんだ女の子です」

笹が風にゆれて心地よい音をたてる。

「いい名前じゃないか。温泉の香りのことも、お湯の香りと書いて、ゆのか、というし」

「なんでも温泉に結びつけないでください」

昨晩、温泉で私が見た人影たちは、すでに死んでいる知り合いたちだった。父母にしろ、片腕のない友人にしろ、つまり、むこう側の人々だ。彼らの顔をよく見ようと、あのまま近づいていたら、私はどうなっていたのだろう。ゆのかが声をかけなかったら、私は彼らの顔を見たくて、湯煙のむこうに行っていた。宿屋の主人が話していたように、もうこちらにはもどってこられなかったかもしれない。今ごろになって寒気がしてくる。

「しかし、ゆのかというきみの友だちは、どうやって死んだのだ？」

和泉蠟庵が、まっすぐにのびている竹を見上げて聞いた。

「さあ、わかりません」

「でも、子どものころに死んだと、その人影は話していたのだろう？」

ゆのかは死んでいた。やはり、死んでいたのだ。

「当時は、神隠しにあったと言われていました」

ある日、忽然とゆのかは消えた。私が七歳くらいのときだろうか。攫《さら》われたと話す人もいれば、足をすべらせて川に流されたと言う人もいた。何日待ってもゆのかが帰ってくることはなかった。おなじ集落の大人たちがゆのかを捜して山の中をあるいたが、結局は見つからなかった。彼女がどこに行ってしまったのか、だれもわからないまま年月はすぎた。

今ではもう、ゆのかの顔だちを私はわすれてしまった。少女がどのような目をしていたのか、どんな形の鼻だったのか、唇《くちびる》の色はどうだったのか、もうすこしでおもい出せそうなのに、だめだった。いなくなった人間の顔をいつまでもおぼえていられるということがあるだろうか。日々、あたらしくなにかを見聞きする中で、昔のことは輪郭をうしない、茫洋《ぼうよう》としてくる。頭の中に湯煙がたちこめたみたいに、いなくなった人間の顔だちは、はっきりとしなくなる。

ゆのかがいなくなったのは大昔だ。私がしっているのは、かなしかったというおもい出だけである。理不尽なものだ。泣いたことだけはおぼえている。

「湯煙がもうすこしうすければ、両親や友人の顔も、ゆのかの顔も、見えていたはずなのに」

いなくなった人々の顔を、もう一度この目で見たい。

「異国では、見えるものを生き写しのように紙へ転写する技術が発明されたらしいよ。それがもっと簡便なものになれば、私たちの姿も、私たちが死んだあとにのこるはずだ」

「絵とはちがうのですか？」

「なんでも、カメラ・オブスクーラと化学的な処理をくみあわせたものらしい」

「カメラ・オブスクーラ……？」

「異国の言葉で、『暗い部屋』という意味だ」

いまひとつ想像がつかない。和泉蠟庵も、まだその発明を実際に見たことはなく、伝聞でしったのだという。

「しかし、あの温泉のことを旅本に書くのはあきらめたほうがよさそうだね」

和泉蠟庵は残念そうだった。

「お湯の質はよい。見晴らしもよい。でも、死んだ人がお湯につかっているなんて書けやしない。きみはもどってこれたが、全員がそうだとはかぎらないからね。まあ、怪談の本を書くことがあったら参考にしよう」

もう一泊して、翌朝にこの村を出発することが決まった。旅の日程がかさむと、その分、費用がふえる。資金を出している版元がいい顔をしなくなる。この村に用がないのなら長く宿泊する理由はない。

明日から再開される旅にそなえて、和泉蠟庵は昼間のうちに温泉へつかりに行った。私は同行する気にならない。昼間は安全と言われても、まだ昨晩のおそろしさがのこっている。

私は一人で村を散歩してみることにした。山がすぐそばにあるこの村は、私の故郷の集落をおもい出させた。斜面に棚田があり、畑を耕している者がいる。ところどころにある竹林をさけて、細い道がうねっている。日が陰って、曇り空になった。

あるきながら私は、旅を終えたあとの、身の振り方についてかんがえた。このままではだめだ、いけない、という気持ちになる。もう二度と博打はしないぞ、と拳《こぶし》をかためる。しかし前回の旅のあとでもおなじように決心したはずである。それなのに私は賽子の誘惑に負けてしまった。カラコロ、カラコロ、と賽子のふられる音を聞くと、気持ちが大きくなり、急に強い男になったような気がする。そして結局、かせいだ金はどこかに消えてしまうのである。

疲れたので岩に腰かけて休んでいると、老人が馬をひいて道のむこうからやってきた。この村の人は旅人が好きではないのかもしれない。目の前を通りすぎるとき老人は私のほうを嫌そうにちらりと見て、もごもごとなにかをつぶやいた。その口のうごきから老人は、聞くにたえないひどい悪口を言ったのではないかと私にはおもえた。

頭が痛かった。そういえば昨晩は布団で眠っていない。温泉で朝日をむかえた。頭がぼんやりとする。

宿にもどる途中、今度は子どもたちの集団に出会った。子どもたちは私を見るなり茂みに逃げこんでなにかをささやきあっていた。草葉のあいだから私のほうを見ているようだ。耳をすましてみると、あんな大人になったら……、とか、どうしてこんなことに……、というようなあわれみのこもったつぶやきが聞こえてきた。私は無性にくやしくなり、茂みをかきわけて、子どもたちを叱ろうとした。彼らが逃げまどうのを期待していた。しかし目の前で仁王立ちしても、子どもたちは石のような無表情で、まばたきもせずに私を見つめかえすだけだった。

宿の手前で、赤ん坊を抱いている女に出会った。もうこの村の人たちにはかかわらないようにしようとおもい、顔をふせて無言ですれちがおうとしたら、その母親はわざわざ私の目の前にやってきた。心配そうな顔で私を見ながら、あなたのお父様もお母様もさぞかし残念なことでしょう、と言った。私が、放っておいてください、と返事をすると、女は急に鬼のような形相になって私をにらんだ。よく見ると女の抱いている赤ん坊までもが顔を怒りにゆがませて真っ赤になっていた。あまりに赤いのでそれは人間の子というよりも内臓かなにかのようだった。それが、ぎゃっ、ぎゃっ、と奇怪な声を発して泣きはじめた。

宿にもどっても災難はつづいた。部屋に野良犬があがりこんでいたのだ。障子をあけると、畳の上に、泥で真っ黒によごれた犬が立っているではないか。餓死寸前の様子の、ほとんど骨と皮だけの犬は、私に鼻がついていることを後悔させるような腐臭をまきちらしていた。犬は荷物を荒らしており、布団の上におびただしい数の足跡をつけていた。大声を出して追い払うと、犬は私を見て一粒の涙をこぼし、竹林の中へはしり去った。

なんという嫌な村だろう。気が滅入る。温泉からもどってきた和泉蠟庵も、部屋の惨状におどろいていた。犬の足跡からも腐臭はただよい、掃除をしてもにおいはなくならなかった。

宿屋の主人の妻がつくった夕飯の飯には、やはり小石がまじっており、奥歯に不愉快な感触がのこった。私と和泉蠟庵が小石を吐き出して並べると、全部で四十個以上もあった。筍の煮物には正体のわからないものが入っており、それは箸《はし》の先でつつくと蠢《うごめ》いた。気味が悪いので、今日は一口も手をつけなかった。

日が落ちて暗くなり、和泉蠟庵は行灯の明かりをたよりに日記を書きはじめた。行灯の外側の障子をあけてようやく文字の読める明るさになる。蠟燭のほうが行灯よりも明るいが、値段が高いので節約することにしたらしい。

寝る直前、和泉蠟庵は私に苦参をわけてくれた。

「今日はひどい目にあったね。これでよく眠るといい」

もうこれで蚤はだいじょうぶだ。和泉蠟庵は苦参とともに布団に入って寝息をたてはじめた。私もしばらくは布団の中で目をつぶっていたが、なかなか寝つけなかった。

そのうちに目を閉じるのもやめて部屋の天井をただ見ていた。

天井の蜘蛛の巣は、部屋に入ってくる風でわずかにゆれている。

カメラ・オブスクーラ。

異国の言葉で『暗い部屋』。

それがどんなものか結局わからないままだが、今まさにこの部屋も暗い。

渡し船の上で聞いた和泉蠟庵の言葉がよみがえる。

そんなときはね、子どものころの、たのしかったことをおもい出すといいよ。なにか、あるだろう、きみにだって。いいおもい出の、ひとつやふたつ。

ゆのかの顔は、あいかわらず茫洋として、判然としない。

いっそのこと、あの湯煙のむこうに行ってみようか。そうすれば、こんな嫌な場所にわかれを告げられる。むこうに行けば、昔なじみの人々や、父母や、ゆのかが、私をうけ入れてくれるだろう。和泉蠟庵を起こさないように布団を出ると、私は提灯さえもたずに温泉へむかった。

四

ころばないように気をつけながら竹林の中の小道を行く。牢獄の檻のように竹がならんでいる。私をここに閉じこめるつもりなのか。温泉のにおいがつよくなり、やがて湯煙があたりを白くする。岩場を越えて私はお湯のたまっている場所に着いた。

着物を脱いで足の先からお湯に入る。ぬるりとした感触が心地よい。あたりは昨晩と同様に湯煙でなにも見えなかった。眼下にあるはずの竹林も、背後の崖も、白い湯気のむこうに消えている。温泉にすっかりつかってしまうと、見えるのは、自分の体と、湯の表面だけである。

いつからか暗さを感じなくなった。月明かりが湯煙を照らしているというよりも、湯煙そのものが白くかがやいているような明るさである。全身があたたかくなり、頭の芯がしびれるようなしあわせにつつみこまれる。

咳払いが聞こえてふりかえると、離れた場所に人影があった。あの咳払いは父のものにちがいない。ほかにもちらほらと人影がある。どれも無言で温泉につかっている。もうこわくない。しっている人ばかりだ。なつかしい人ばかりだ。私は彼らに近づこうとした。

「どうしてもどってきたの?」

少女の声が聞こえる。いつからそこにいたのか、私からすこし離れた場所に子どもの大きさの影がある。湯気が邪魔で顔は見えないが、たしかにそこにいる。その子の影がうごくと、湯煙のむこうから、ゆらりとしたお湯の波が広がって、私の体のところまでとどくのだ。

「私も、みんなのところに行こうとおもってね」

私が少女の影に近づくと、影は一歩、後退する。私と少女のあいだにある湯煙の濃さは変わらない。

「だめだよ。耳彦はまだ、こっちに来たらいけないよ」

「でも、私は、みんなに会いたいのだ。なつかしい顔を見たいのだ」

「こっち側に来たら、もう、もとの場所に帰れなくなるよ」

「かまうものか」

ほかの人影は、私たちの会話が聞こえていないのか、じっとしている。腰の曲がった人影を見つけた。ゆっくりとしたうごきは、大昔に死んだ祖母のものだ。女のすすり泣くような声が遠くから聞こえてきた。死んでしまった友人に、そういうすすり泣きをする女がたしかにいた。

影の輪郭から想像すると、ゆのかは肩のあたりまで湯につかっている。私も湯につかり足をのばした。極楽、極楽。

「ゆのかは、そもそも、どうやって死んだ？」

「山菜をとりに行って、足をすべらせたんだ。山に一本だけ杉の木が生えてたでしょう。あの崖から落ちたんだよ。崖下で岩にぶつかって、首が折れてしまった」

「大人たちが捜したけど見つからなかった」

「きっと崖を降りてまでは捜そうとしなかったんだよ。私の体は、草の茂みに隠れて、上からは見えなかったんだとおもう」

ゆのかの影がうごいて、湯が音をたてる。首のあたりをさすっているようだ。

「まだ、痛いのか？」

「もうだいじょうぶ」

「なら、よかった」

すこし間をおいて、今度は静かに問いかけてくる。

「ねえ、どうして、こっちに来たいなんておもうの？」

「いいことが、ないからだ」

「これから、あるかもしれないよ」

「わかるものか。それに、ほかにも理由がある」

「なに？」

「みんなの顔を、わすれかけているんだ」

「なんだ、そんなこと」

「みんなが死んでしまって、いなくなっちまったら、もう顔を見ることができないだろ。何ヶ月も、何年も、暮らしているうちに、みんなの顔をおもい出せなくなっちまう。ゆのかのことも、どんな顔をしていたのか、今はもうわからない。あたらしいおもい出が、積みかさなって、ゆのかのことを追いやってしまった」

「しかたないよ。耳彦は、生きてるんだもの。毎日、あたらしいおもい出が、ふえていくんだから。これからもきっと、いろんなものを見て、いろんな人に会うんだ。死んだ人のことなんて、わすれてしまっていいんだよ」

「私にはそれが、がまんならないのだ。ゆのかに、悪い気がするのだ」

「耳彦は、あいかわらずだな」

「子どものころ、私はたぶん、ゆのかのことが好きだった。だからいつも、くっついてあるいていた」

「そうだよ。私たちは、いつもいっしょにいた」

「それなのに、わすれてしまったのだ。こんな馬鹿なこと、あるだろうか」

私は両手で顔をおおった。頭の中まで白く煙っている。私とゆのかは、姉と弟のような関係だったのか、それとも兄と妹のようなものだったのか、どちらが先をあるいて、もう片方の手をひっぱっていたのか。

「ありがとう。私はさびしくない」

「本当か？」

「うん。さびしくない。だから、私のことをわすれても、いいんだよ。さあ、もう帰りなよ。朝になるよ」

少女が言った。まわりにいた人影が立ち上がり、湯がゆれる。私の父や母、友人とおもわれる影が温泉の中をあるいて遠ざかっていく。

「私もそっちへ……」

「だめだ」

ゆのかの人影が湯を手ではじいた。温泉の飛沫が湯煙を通り抜けて私の顔にふりかかる。

「耳彦を待ってる人がいる。だから、こっちには来るな」

「待ってる人？」

「その人は、さっきから、耳彦が帰ってくるのをのぞんでいる」

ゆのかも私に背をむけて遠ざかりはじめた。湯気のむこうに影がうすれていく。追いかけることもできた。しかし私の足はうごかなかった。迷いが生じていた。

「ゆのか。そっちにも、博打はあるのかい」

少女の影が、あきれたように返事をする。

「そんなものないよ」

「じゃあ、まだそっちには行かない。もうすこしこちらであそんでから、そちらへ行くことにしよう」

ゆのかは湯煙のむこうですこしだけわらってくれたような気がする。

「ほどほどにね」

その言葉を最後に、まもなくゆのかの影は完全に湯煙のむこうへ消えた。

私は彼女と反対方向にすすんだ。温泉の端が見えてきたころ、朝日とともに風が吹いて、湯煙をはらった。温泉はもう普通の広さである。人影もいなくなっている。眼下に竹林が広がり、背後に崖がある。私の脱ぎ捨てた着物のそばに、和泉蠟庵が腰かけていた。彼は私を見ると、あくびまじりに言った。

「もどってきたのかい」

「むこうには、博打がないそうですから」

「そうか。じゃあ、無理にでも連れて行ってもらうべきだったな」

私は着物を着て宿へもどることにした。彼は朝風呂に入ると言って温泉にのこった。

朝食は竈《かまど》だけ借りて自分たちでつくった。


村を出て十日ほど旅をつづけると、本来の目的地である温泉にたどりついた。噂に聞いていたとおり景観もよく、温泉の質もよい。何軒かある宿はどこも親切で、食事もうまかった。そこでは怪奇なことなど起こらず、ゆっくりと骨休めすることができた。和泉蠟庵は、温泉の効能を調べたり、近所に見どころとなる名所がないかとあるきまわったりしていた。

帰路の途中、行きがけに迷いこんだ不思議な温泉のある村に立ちよってみよう、ということになった。のどもとすぎればなんとやら、というやつである。村人にひどいことを言われ、まずい食事を食べさせられたのに、あの竹林がなつかしくおもえた。ただし今回は素通りで、決して宿には泊まらないつもりだ。

しかし村は見あたらなかった。道はたしかにあっている。山と竹林もある。だけど家はなくなっており、村中にたちこめていた温泉のにおいもない。首をひねっていると、和泉蠟庵が、畑のたがやされたなごりを見つけた。荒れてはいるが、畦に土が盛られている。

すれちがった行商人に、このへんに村がなかったかと聞いてみた。

「大昔にはあったみたいですね。祖母がそんなことを話してましたよ。たしか、崖崩れで家は全部、つぶれてしまったって」

そう言われて山を見てみると、おぼえている輪郭とちがっていることに気づく。崖崩れが起こって、温泉もつぶれてしまったようだ。でも、それは大昔の話だ。私たちが村で宿に泊まったのはつい先日のことだ。これでは話が食いちがう。私たちは夢でも見ていたのだろうか。しかしこのような怪異はいつものことなので、さほど気にはしなかった。

無事に町へ帰りつくと、旅本の版元へあいさつしに行った。お茶を飲み、雑談をして、賃金をもらった。あたたかくなった懐《ふところ》にうかれながら、博打でさっそく一儲けをたくらんだ。しかしその前にやっておきたいことがあり、一晩休んでから、私は故郷の集落にむかった。

あの温泉で見聞きしたことが、ほんとうにあったことなのか、そのころにはもう、自信がなくなっていた。でも、夢でなかったとしたら、少女は今もまだ、おなじ場所にいるはずだ。

子どものころに住んでいた集落は山裾にあった。段々状の水田が広がっており、水のはっているところには、空の雲がうつりこんでいた。子どもたちが小川で魚をつかんであそんでおり、はしゃいでいる声が遠くまで聞こえてきた。父母が死んで以来、長いこと帰っていなかった。こんなに道は細かっただろうか。古い鳥居や、苔むした岩の形には見おぼえがあり、自分はこの近くをゆのかといっしょにはしりまわっていたはずだった。

山のほうへとむかう。次第に道はけわしくなる。やがて山に一本だけ生えている杉の木が見えてきた。さいわいにも、切られたり、枯れたりせずに、当時のままのこっていた。崖下をのぞいてみる。足をすべらせてはひとたまりもないだろう。首の骨などかんたんに折ってしまうかもしれない。道をさがして崖をおりた。草をかきわけて一本杉の真下あたりへ行く。草の青々としたにおいにむせながら地面をさがした。草を手でつかみ、ひきちぎり、泥をほりかえした。

あれから長い時間がすぎた。今さら見つかるのかどうかわからない。やがて空が赤くなり、すぐに暗くなりはじめた。私は汗と泥と草の汁でひどい有様になった。爪のあいだまで泥まみれだ。あきらめようとしたとき、泥のあいだから白い破片が見つかった。あきらかに人骨とおもわれるものが次々と出てきて、ついには頭蓋骨があらわれた。ここでゆのかは死んだのだ。骨を見つけて、彼女の母親のところに持って行こうとおもっていた。ゆのかの親はまだ生きており、この集落に一人きりで暮らしているはずだから。

頭蓋骨はこわれておらず、そのままの形をしていた。眼窩《がんか》につまっている泥をほじくって、自分の着物で表面をぬぐってきれいにする。

両手のひらでつつみこんで正面からながめた。夜空にうかんでいる月に照らされて骨は白々とかがやいて見える。私の両手にすっぽりとおさまるくらいの小ささである。たしかにそれは子どもの頭である。

手のひらでその形を感じていると、急にゆのかの顔をおもい出した。凛《りん》とした瞳。

気の強そうな唇。

黒く艶やかな髪の毛。

すっとした気持ちのよい形の頬。

着ていた古着の柄。

ゆのかの家の裏で喧嘩をした。泣いている私の手をひいて、蜻蛉《とんぼ》の飛んでいる道をいっしょにあるいてくれた。そのほかの、小さな欠片《かけら》のような、今までわすれていてもしかたのないというようなことまでよみがえる。私はしばらくのあいだ、ゆのかと、そこにいた。草の上にすわって、虫の音や、木のざわめく音をいっしょに聞いた。やがて立ち上がると、少女を着物にくるんでその場を離れた。

一

紐《ひも》で綴《と》じられた冊子を荷物袋からとり出してながめている旅人がいたら、私の場合、つい、じっと見てしまう。友人の和泉蠟庵《いずみろうあん》が書いた旅本ではないかと気になってしまうのだ。

彼の付き人として荷物を背負い、温泉地をめぐるようになっても、私はなかなか、旅に慣れることができなかった。虫に刺されてかゆくなることにいつまでも我慢ならず、食べられる草の形と名前をおぼえず、方言はいくら聞いても理解できなかった。私は本来、いつ、いかなる状況においても、部屋に寝転がって酒を飲んでいたいとおもっているような怠惰な男である。火事だ、というだれかの声が聞こえても、熱さを感じるまでは、面倒くさくてそこからうごきたくない。それでも和泉蠟庵の旅に同行するのは、それが私の仕事だからである。先日、賽子《さいころ》遊びでつくった借金を、彼に肩代わりしてもらったから、しかたなくこきつかわれている。

旅をつづけていると、様々な人に会う。茶屋で休んでいるときにしりあった親子と意気投合し、しばらくのあいだ、旅仲間としていっしょにあるいたこともある。善人を絵に描いたような素朴な親子だった。しかし、わかれたあとで荷物袋をのぞいたら、私の大切なものがいくつかなくなっており、どうやらその親子が盗んでいったらしいとわかった。

街道の途中に、こまった顔ですわりこんでいる二人組に会った。彼らは代参で旅に出た者たちだった。代参とは、おなじ長屋に住む者が金を積み立てて、くじ引きをやり、当たったものが代表で参詣《さんけい》の旅に出られるというやりかたである。しかしその二人組は、旅の途中で積み立て金をすべて博打《ばくち》につかってしまい、途方に暮れていたわけである。「博打はほどほどにしなきゃだめだよ」と私が忠告すると、彼らは「へえ」「まことにその通りで」と反省した様子である。和泉蠟庵は、どこかから茣蓙《ござ》と柄杓《ひしゃく》を調達してきて、彼らに差し出した。

「これで一文無しでも旅ができる」

丸めた茣蓙は野宿をするという意味で、旅籠《はたご》をつかわないことを示すという。柄杓は、水を飲むときや、金や食べ物をもらうのにつかう。茣蓙を背負って、柄杓を持っている者は金のない旅人なのである。そのような姿で参詣にあるいている人は修練者とみなされ、世間の人は存外にやさしくむかえてくれる。

「反省し、苦労にたえる心根があれば、橋の下や寺の縁の下で眠り、ほどこしをうけながら、旅をつづけるといい」

和泉蠟庵がそう言うと、二人組は深く頭をうなだれた。
また、出会うのは、人間ばかりではない。

旅本を執筆するため、温泉地にむかって旅をつづけていたある日のことだ。私と和泉蠟庵は、宿場町近辺の茶屋で一休みして食事することにした。茶屋で食べられるものは団子ばかりでなく、店によっては、菜飯、うどん、蕎麦《そば》切り、田楽《でんがく》などを出すところもある。地方独特の食べ物がこういう場所で見つかることもあり、茶屋に見知らぬ食べ物があると、和泉蠟庵はかならずそれを注文する。日記に書きとめて、あとで旅本執筆に役立てるのである。

その日も和泉蠟庵は、見たことも聞いたこともない食べ物を品書きの中に発見して注文していた。私は無難に茶飯をもらうことにした。茶飯とは、茶の煎じ汁で炊いたご飯の茶漬けのことである。それをかきこんでいたら、いつのまにか、足元に白い鶏《にわとり》がいた。私の食べている茶飯をじっと見つめたまま、その鶏は、うごかない。

「これがほしいのか？」

私がそう聞くと、鶏は一声、かすかに鳴いた。笛の音色のような、うつくしい声だった。私はすこしだけ茶飯をのこして、椀を鶏の前に置いた。普通の鶏よりも、首がすこしだけ細長い。最初に見たときから、その鶏が雌だとわかった。鶏は、礼を言うように頭を下げると、椀の茶飯をつつきはじめた。この鶏は近所のだれかが飼っているのかと、茶屋の主人に聞いてみた。主人は首を横にふり、はじめて見た、と言った。先日の大風の日にどこか遠くからとばされてきたのではないか、とも言っていた。

　茶屋を出て、再び街道をあるきはじめた。しばらくたって、後ろからなにかの気配を感じ、ふりかえってみると、さきほどの鶏が私たちのあとをついてくるではないか。私と和泉蠟庵は顔を見あわせて、どうしたものかとかんがえたが、結局、ほうっておくことにした。そいつはいつまでも私たちのあとを追いかけてきた。旅籠に泊まって夜が明けたら、いなくなっているだろうとおもっていたが、鶏の鳴き声で私たちは目が覚めた。旅籠の庭先で一晩すごしたらしく、私たちが外に出てくるのをずっと待っていたのだ。

　鶏は、私たちの横にならんで、いっしょに旅をするようになった。人通りの多い場所を横切るときなど、人々にふまれそうになっていた。しかたなく私は、白い羽につつまれたその体を拾い上げて、抱えてあるいてやった。

　私は鶏に、小豆《あずき》という名前をつけた。理由はふたつある。ひとつは、私の好物である羊羹《ようかん》が、小豆あんをつかってつくられているためだ。もうひとつは、その鶏が、農民の運んでいる荷車から落ちている小豆を見つけて、ついばんでいたからだ。そのとき鶏は、小豆を嘴《くちばし》でついばみながらすすんでいたのだが、そうしているうちに私たちとは別の曲がり角に入ってしまったらしく、気づくと姿が見えなくなっていた。あっけないお別れだったなと、私と和泉蠟庵がわらっていたら、後方からあせったような鳴き声が聞こえてきた。しかたなく道をもどってみたら、曲がり角のところで鶏がぐるぐると円を描くようにあるいていた。私たちの姿を見つけると、翼を懸命にうごかしてはしってきた。白い羽根にはくもりがなく、外見は優美で、気品さえ感じさせるくせに、その鶏はどこか間が抜けていた。

小豆とともにあるく私たちの旅はいつになく順調だった。和泉蠟庵の方向音痴で見知らぬ場所に出てしまうこともあったが、怪我をすることも、病気になることもなかった。しかし旅に苦労はつきものである。ある大雨の日、私たちは奇妙な漁村にたどりついて、そこで何日もの足止めを余儀なくされた。

二

山道をのぼっている最中、雨が降ってきたので、私と和泉蠟庵は、桐油紙《とうゆがみ》でつくられた懐中合羽《かいちゅうかっぱ》を荷物からとり出して肩にはおった。多少の雨ならばそれで防げるのだが、足元をあるいている小豆はかわいそうに、私たちのはねとばす泥水をかぶり、羽根が茶色によごれてしまった。私は見かねて、小刻みに足をうごかしてすすんでいる小豆の体を持ち上げて、袋の中に入れて運んでやることにした。袋の口から首だけを出して、小豆は、つぶらな瞳で私を見あげていた。

雨粒が私たちの体をたたき、目の前には水煙しか見えない。細い道の両側には木々がつらなっており、昼間のはずなのに夜みたいな暗さである。耳をすませると、ごう、ごう、と地響きのような音が聞こえてくる。私たちは雨の中、さらに山道をのぼった。すると道が途切れて、急に砂浜に出た。灰色の海に、猛々しい波がうちよせている。

「どうして海が!?」

私たちは山道をのぼっていたはずである。麓《ふもと》から峠にむかってあるき、一度も下り坂にはならなかった。それなのに、上り坂の先に海があるというのは、おかしいのではないか。これでは、山の上に海があることになってしまう。海の水が下り坂を流れていって、麓は水浸しになってしまうのではないか。と、そのような不思議さがあるものの、このようなことは、いつものことである。

「私の方向音痴のせいだ。すまない」

和泉蠟庵は、もうしわけなさそうに言った。

「理不尽には慣れました」

「何事も、あきらめが肝心だ」

「深くかんがえるべきではないと、そう学びました」

「今晩の宿をさがさなくては。この雨の中、野宿はこたえるぞ」

小豆の入った荷物袋を腕に抱いて、和泉蠟庵のあとをついてあるいた。雨粒を際限なく飲みこみながら荒れている海は、心を寒くするようなおそろしさがあった。だんだん体が冷えてきて、頭の中も、ごうごうという波の音ばかりになった。旅慣れている和泉蠟庵は、華奢《きゃしゃ》に見えて、意外と丈夫である。寒さと疲労で、泣きそうになりながらあるいていると、腕の中の袋が、次第にあたたかく感じられてきた。羽根につつまれた小豆の熱が、袋ごしにつたわってくるのだ。私はそれに、ずいぶんたすけられた。

海を横に見ながらあるいていたら、砂浜に立てられた杭と、それにくくりつけてある小舟を見つけた。さらにあるくと、民家の集落があった。うす暗い空の下、二十戸ほどの小さな家が点在しているのがわかる。どの家にも、入り口の横に、漁に用いる網が、風にとばされないようくくりつけられていた。

私たちは手近な家の戸をたたいた。顔を出した村人に、泊まれる場所があるかと聞いてみた。旅籠はない。でも、つかわれてない家が村はずれにあるから、そこに泊まるといい。村人はそのように言った、ということをすこしあとになって和泉蠟庵から聞いた。訛りが強くて私には、村人がなんと言っているのか、さっぱりわからなかったのだ。

私たちは村人に案内され、村はずれにあるという家にむかった。途中、村長にあいさつし、家を借りる許可をいただく。

その家は、小さく、多少の雨漏りはあったが、野宿にくらべたら何倍も条件がよかった。がらんとして、家具らしいものもなく、天井の隅に蜘蛛《くも》の巣がはっており、煤《すす》けたように闇が染みついている。入り口のあたりは土間になっており、家の奥は一段上がって板の間である。床板の上には砂埃が一面にかぶって、ざらざらしている。村人の話によると、数年前までは老夫婦が住んでいたらしいが、二人とも死んでからは、だれもつかっていないのだそうだ。これもあとで和泉蠟庵が教えてくれた。

荷物をおろすと、泥水で羽根を茶色にした小豆が飛び出して、笛のような声をもらす。寒いのか、小刻みにふるえていた。和泉蠟庵は、土間に設置してある竈《かまど》と、その横にほったらかしにされている薪《たきぎ》の束を見て、さっそく火をおこしはじめた。

「茶釜もある。お椀もあるぞ。お湯をわかして、お茶を飲もう」

と、彼は言う。私はくたびれて、土間と板の間の段差に腰かけた。そのとき、妙な気分におそわれて、ふりかえった。

静かである。雨漏りのしずくがたれると、床板で、こん、と音をたてる。そのへんの床板は腐って緑色である。私と和泉蠟庵と小豆のほかに、家の中にはだれもおらず、隠れられるところもない。そのはずなのに、だれかがこちらを見ているような気がしたのだ。

家の壁は、木の板がはられているだけのかんたんなもので、ところどころに隙間があった。そこから何者かが見ているのだろうか。疲労を感じながらも立ちあがって外をぐるりと一周してみたが、だれもいなかった。しかし、だれかがこちらを見ているという気配は消えない。それどころか気配はだんだんとつよくなる。視線はひとつではない。おなじ家の中に、二十人や三十人の人がいて、一斉にこちらを見ているかのようだ。

「なにやら、おかしなものを感じませんか？」

私は和泉蠟庵に聞いてみた。

「たとえば？」

「大勢に見張られているような……」

「かんがえすぎだ」

家の持ち主がつかっていたらしい茶釜でお茶をつくりお椀にそそぐ。

「ほら、これを飲むといい」

お椀を渡されて、お茶の熱さが手のひらにつたわってくると、不安もすこしやわらいだ。唇《くちびる》をお椀のふちにつけて、お茶の香りを胸に吸いこみながら、すすろうとしたときだ。お茶の表面に、人の顔がうつりこんだ。まるで木彫りの顔みたいにうつろな表情だった。私はおどろいて、手をすべらせ、お椀を落とした。こぼれたお茶が土間に広がって、私の足元にいた小豆が、おどろいたようにいそがしく羽をばたつかせた。

「今、顔が！」

私が叫んでも、和泉蠟庵は冷静だった。

「お茶の中に人の顔がうつりこんでいたとでも言うのか？」

「私の顔でも、蠟庵先生の顔でもありませんでした」

「きみが見たのは、あんな顔じゃなかったか？」

和泉蠟庵はそう言うと、天井を指さした。私はそして、ようやく、さきほどからの気配の正体に気づいたのである。

天井もまた壁と同様に木の板がはられているだけのかんたんなつくりだ。板の木目は、ぐにゃりとした複雑な縞模様を描いており、その中に、人間の顔を想像させる部分があった。つい今しがたお茶にうつりこんでいた人間の顔である。

さらに注意して周囲を見ると、家の壁という壁、床や天井の木目に、人間の顔を想像させる縞《しま》模様が無数にあった。木目の濃淡、年輪の縞々、それらが偶然に組み合わさって、人間の顔の形になっている。それも、年老いた顔や、子どもの顔、若い女の顔や、怒って鬼のような形相の顔、といった様々な種類が張りついている。だれかが見ているという気配はこれだったらしい。

「でも、ただの木目だ。気にすることはない」

和泉蠟庵はそう言ってお茶をすすった。

「そういうのはね、耳彦《みみひこ》、異国ではパレイドリアと呼ばれている。錯覚のひとつだ。雲の形や、脱ぎ散らかした着物の皺《しわ》や、岩の表面の陰影が、人の顔に見えることがあるだろう」

しかし、この家は例外におもえる。木目が人の顔に見える、というよりも、あきらかにそれはもう人の顔なのだ。ふと目を離したすきに、まばたきをするのではないか。表情を変えるのではないか。そうおもわせるほど、はっきりと顔なのだ。そもそも、人の顔に見える木目の部分が、ひとつの小さな家の中に、十も二十もあつまるものだろうか。そのような偶然、あるだろうか。というような話を和泉蠟庵に語ったのだが、かんがえすぎだよ耳彦、の一言で片づけられてしまい、家の片隅に放置されていた布団をかぶって彼は寝てしまった。火がついている竈のそばで小豆も丸くなり、長い首を翼のあいだにはさみこんで静かになった。私はその夜、なかなか眠れなかった。竈の火に照らされ、陰影のゆらゆらとしている壁や天井の顔を、おそくまでながめていた。しかし、問題は家の木目だけにとどまらなかった。

三

おなじ野菜でも地方によって形や味が異なるものだ。たとえば葱《ねぎ》。ある地方で葱といえば青い葉の野菜でありその部分が料理に出される。しかしまた別の地方では、おなじ葱を育てようとしても、青い葉の部分は霜にやられてしまう。かわりに、その地方でとれる葱は、根っこの白い部分が長い。その地方では葱といえば根っこの白い部分を食べる野菜なのである。

食材の形がいつもと異なっているからといって、旅先で出された食事を断るのはいけないことだ。相手に失礼になるし、そのような態度では自分の見識を広めることができない。そう頭ではわかっていたのだが、村人が厚意で持ってきてくれた魚の日干しを前にして、私は戸惑った。

一夜明けると、雨はやんでくれた。私と和泉蠟庵と小豆が出発の用意をしていたら村人がやってきて、海でとれた魚の日干しを、朝食として持ってきてくれたのである。問題はその魚の形状だ。

お日様にあてられて魚は乾燥し、香ばしいにおいを出している。その魚の顔が、どことなく人間の顔のように見えるのだ。額から鼻にかけての形や、まぶたや唇らしきものの存在、骨の形なども人間そっくりである。よく目をこらすと、頭の部分に乾燥した髪の毛のようなものがくっついている。もらった日干しは二匹あった。一匹はどう見ても男性の顔をして、もう一匹は女性の顔である。ひからびているせいで、どちらも老人の顔に見える。それほど大きな魚ではないから、その顔は手のひらにのるほど小さく、それがまた異様であった。

村人が遠慮なく食べてくれと言っているらしいのだが、私はそれを見た瞬間、気味が悪くて吐きそうになった。和泉蠟庵が村人から聞いた話によると、このへんでとれる魚はどれもこういう姿をしているのだという。しかし味は美味であり、普通に食されている。村人が帰ったあと、私はその魚に手をつけなかったが、和泉蠟庵はおそるという風に背中のあたりをかじっていた。

「なるほど、これはうまい」

ひからびた女性の顔を左手でつかみ、尻尾のあたりを右手に持って、和泉蠟庵は前歯を魚の肉につきたてる。

「だいじょうぶですか、そんなものを食べて」

「気にすることはない。ただ、人の顔に似ている、というだけで、普通の魚だよ」

「腹をこわしますよ」

「ここの村人は、全員、これを食べているのだ」

食事が終わると和泉蠟庵は、魚の骨を竈の火に投げこんだ。骨だけになった魚の頭部は、体がなくなったぶんだけよけいに人間の頭のようだったが、それを無造作に竈へ捨てるというのが、おそれおおいことにおもえた。ここは穴をほって、人とおなじように供養するべきではなかったのか。

「あのような魚を平気で食べるなんて、どうかしています」

もう一匹の魚は、私が食べるのを拒否したので、和泉蠟庵が紙に包んで荷物袋にしまいこんだ。

「人間を食べているわけじゃないんだから」

「あの魚は、人間の生まれ変わりで、あのような顔つきになったのかもしれない。先生は、それを、食べてしまったのです」

「なるほど、死んだ人間が、また生まれ変わってこの世にあらわれるという話を、きみは信じているのだね」

「そう聞いたことがあります」

「でも、あれは、人の顔に似ているというだけで、ただの魚だ」

旅の支度をととのえて私たちは出発した。途中で村長の家に立ちより、一泊の礼をつたえる。雨が降っていたせいで昨日は気づかなかったが、その漁村にはおかしな気配がたちこめていた。それは、家の中で感じた無数の視線とおなじようなものだった。

四方八方から見張られているような薄気味悪さである。もしかしたらとおもい、立ち止まって周囲をよくながめてみた。すぐそばに生えていた木の表面に人間の顔がうかびあがっていた。ひとつではない。本物の顔ではない。表面のひびわれがそう見えるというだけのことだ。泣き顔のように見えるものまで様々だ。うろの部分が目になっている無表情の顔や、雨の染みのせいで地面にできた水たまりや、花のあつまっている場所、さらに目をこらせば、花びらの濃淡や、虫の体の模様や、落ちている木の実の形まで、あらゆるものが、どことなく人の顔になっている。

「どうも、この村は、そういう村だったみたいだな」

和泉蠟庵はのんきにそのようなことを言う。しかし私は平静ではいられなかった。おそらく大昔、ここは戦場だったのにちがいない。大勢が死んで、そのためこの村は、呪われてしまったのだ。私がそう主張すると、和泉蠟庵はわらっていた。小豆もまた、人の顔があろうと、なかろうと、どうでもいいらしく、二本の足を小刻みにうごかして私たちの真ん中をすすんでいる。たまに虫を発見すると、背中に人の顔の模様があっても動じることなく、容赦なく嘴でついばんでいるのだった。

隣の村へ行くには、山の斜面に沿って道をあるかなくてはいけなかった。やがて雨が降り出して、また私たちは合羽をはおった。今日中に隣の村に行ければよいのだがと、話をしながらあるいていたら、いつのまにか道が途切れてしまった。

　あたりに濃厚な土のにおいがただよっていた。昨日の雨のせいで山の斜面が崩れており、道をおしつぶしていたのである。斜面を流されてきた大量の土砂には、逆さになって根っこをつき出している樹木や、人間ではどかすことのできない巨石などがまじっていた。私たちは話しあって、来た道をもどることにした。あの漁村にひき返すのは気が進まなかったが、ほかに道がないのではしかたない。

　村にもどる最中、雨がつよくなってきて、私たちの体は冷えた。小豆を袋に入れて、昨日とまったくおなじように海へ出た。砂浜の途切れるあたりに岸壁があり、複雑な形のとがった岩が、かみあうような形であつまっていた。波がそこにうちよせて、白い泡のまじった飛沫をあげている。和泉蠟庵が、そのあたりを指さした。

「見ろ。魚がひっかかっている」

　荒々しい波に運ばれてきた魚が五匹ほど、岩のあいだにうちあげられて出られなくなっていた。海水は岩と岩の隙間から流れ出ていくのに、魚ほどの大きさになると、ひっかかって出られないらしい。どの魚も必死の形相でのたうちまわっており、その顔はどれも人間のものだった。日干しされていない魚は、顔面の皮膚がつやつやとしており、年齢や性別までがはっきりとわかった。どの魚も、眼球がこぼれ落ちそうなほどに目をあけて、口をぱくぱくとうごかし、苦しそうにあえいでいる。岩をのりこえて、また海にもどろうとしているらしい。まだ子どもとおもわれる顔だちの魚が、涙を流しながら懸命に体をうごかし、何度もとびはねては、刺々しい岩の表面で体をけずって、血を流している。女性らしい顔つきの魚も、懇願するような瞳で、全身を血まみれにしながら、岩をのりこえようとしている。耳をすますと、波の飛沫の音にまじって、魚たちの声が、かすかに聞こえてきた。言葉にならない、苦しげなうめき声が、魚たちの開いた口の奥から発せられているのだ。声をもらす魚など、聞いたことがない。まるでここは地獄のようだ。地獄で人間が煮えたぎる釜の中に生きたまま入れられたら、きっとこのような光景だろう。そうおもうと、私はもう、それらの魚たちが哀れでしかたなかった。

四

漁村にもどった私たちは、土砂崩れによって道が通れなくなっていたという事情を村長に話し、昨晩とおなじ民家に泊まる許可をもらった。それから数日間、漁村から出られなかったのは、私と和泉蠟庵が風邪をひいてしまったせいである。雨で体を冷やしたのがいけなかった。私たちは起きあがることもできず、布団の中で天井の木目の顔を見ていることしかできなかった。

やさしい村人の一人が私たちの看病をしてくれたのだが、用意してくれる食事を私は口にしなかった。この漁村で口にするものの大部分が海のものであり、米や野菜はすくなかったのだが、問題はどの食材にも人の顔が浮かんでいる点である。炊きあがった米粒に目をこらすと、白い表面の凹凸が、人間の目鼻の形に見えるのだ。律儀にも、耳らしき出っ張りもあり、髪の毛らしい産毛《うぶげ》を確認できる粒まであった。一度、それを見てしまうと、お椀に盛られた白飯は、極小の頭部のあつまりのようにおもえてしかたない。青菜や、浜辺でとれた貝のたぐいも、よくさがせばどこかしらに人の顔があった。煮られた里芋はまるで、目を閉じて眠っている赤ん坊の頭部のようだった。

決定的だったのは、村人が魚を家の中でさばいたときのことである。和泉蠟庵は眠っていてそれを見ていなかったが、私は布団の中から、高熱にもうろうとしながらも目をあけていた。まな板にのせられた魚は、三十代ほどの女性の顔であった。首のあたりに包丁をあてられると、恐怖を顔面いっぱいに広げ、なんとか逃げだそうとする。しかし村人は無情にも包丁をたたきつけ、魚が静かになると、手ばやく腹を割いた。村人が指先を赤くそめながら、内臓をかき出していく。内臓は桶の中に捨てられていくのだが、その中に一瞬、妙なものを見つけて、私はおびえながら村人に声をかけたのだ。

「あの、それは……？」

私は腕をのばし、桶を指さす。村人は桶から魚の臓物をつかみあげ、これがどうかしたのかと言いたげな表情をする。村人のつかんだ臓物の中に、臍《へそ》の緒《お》でつながった胎児のようなものがぶらさがっていたのである。私はずっと以前、人間の胎児というものを見たことがあるから見間違えはしない。人間の形というよりも、稚魚のような白くてやわらかそうな物体だったが、魚の腹に入っていたのは間違いなく胎児であった。これが魚であるわけがない。魚というものは、卵から生まれるものだ。内臓に臍の緒とつながって生まれてくるはずがない。

私が恐怖していることなど気づかないで、村人は、ぶつ切りにした魚の肉を、煮えたぎる鍋に入れたのである。最後の表情を張りつかせた女性の頭部も、いっしょに鍋の中に落として、蓋をしてしばらく煮こむと、いいにおいがただよってきた。

「もう、いいじゃないか。これらは、人ではない、ということにしておけ」

気にしてばかりいる私に、和泉蠟庵はそう言って、用意された食事をたいらげた。私は何度か、白飯を箸《はし》でつまんで、口に運ぼうとするのだけれど、結局はできなかった。空腹でめまいがしはじめても、食事する気にはなれず、いつまでも体力はもどらなかった。一方で和泉蠟庵は、栄養をとっているせいか風邪の治りがはやく、立ち上がれるようになると、漁村を散歩してひまつぶしするようになった。

「小豆、おまえもあそんでくるといい」

　土間を行ったり来たりしている小豆に、私は布団の中から声をかけた。小豆もまた、和泉蠟庵とおなじく、米粒が人間の顔をしていても平気で食べているせいで、元気がありあまっていた。小豆が家から出ると、外から子どもたちのはしゃぐ声が聞こえてきた。この漁村にも数人の子どもが暮らしており、彼らは小豆のことがめずらしくてしかたないのだ。小豆の姿を見るために家のそばに張りついて、私の風邪がうつるからと大人たちに叱られていた。この漁村には鶏や豚や牛や馬といった動物がいないらしい。子どもたちは鶏というものを、生まれてはじめて目にしたのである。

　この漁村で暮らす子どもたちは、いつも口にしている魚が異様な姿であることなどしらないのだろう。私は布団の中でそのようなことをかんがえた。この村ではあれが魚なのだ。食べることに罪の意識など感じないのだろう。殺すことを罪だとは、おもわないのだろう。それらを口にすることが、私にはためらわれる。和泉蠟庵のように、あれはただの魚だと割り切ることができない。ただの野菜だ、ただの穀物だと、かんがえることができない。この漁村では、あらゆるものに、なにかが宿っているような気がしてくる。それを口にするのは、いけないことのようにおもえてくる。

　この村にある魚や米は、人間の生まれ変わりか、人間として生まれるはずだったものにちがいない。それらを殺生し、食べることは、人間そのものを食べることに通じる。私は心の底で、そう信じているから、罪の意識というものを、抱いてしまうのだろう。

和泉蠟庵は、私のそのようなかんがえを、なにかしらの宗教に影響されたものだとおもっているようだ。一方で彼自身は、地方によって野菜の形が異なるのとおなじようなもので、あれらは人間ではなく、ただの食材だと言い張る。どちらが正しいのか、私には判断できない。

風邪をひいて五日がすぎても、あいかわらず私は布団から起き上がれなかった。これほどまでの空腹というのを生まれてはじめて体験する。指先もしびれてきた。日を追うごとに体調は悪くなっているようだ。和泉蠟庵が、なにも食べない私を叱った。しかし、もうろうとする頭で彼の声を聞いたので、ほんとうに私は叱られているのか、それとも、夢の中でのことなのか、よくわからなかった。とにかく、まぶたをあけているのもつらいような状態だった。

眠っているうちに、口の中におかゆを流しこまれていた。村人が私の頭を持ち上げて、和泉蠟庵がおかゆのお椀をかたむけていたのである。私は気力をふりしぼり、彼らの手をふりほどいた。口の中に指をつっこんで、飲みこんだものをすべて吐き出した。私にむかって和泉蠟庵が、なにか心配そうにつぶやいた。栄養をとらないとだめだとか、そのようなことを言ったのだろう。しかし私は、耳の奥や、頭の中がしびれて、彼の言葉がわからなかった。彼もまたこの漁村の人間になり、私にはわからない言葉で話しているような気がしてならない。

布団の中で、天井や壁に目をむけていたら、空腹のせいか、木目の縞々がゆらめいているように見えてくる。木目の中の顔と何度か目があう。そういえば、ずいぶん長いこと、まばたきしていない自分にも気づく。このまま死ぬのだろうか。ぼんやりとかんがえて、こわくなる。そのとき、自分の空腹を解消させるものがあることに気づいた。ようするに私は、食べられるものが自分のすぐそばにあると、おもい出したのだ。

布団から起き上がって私は、庭先であそんでいる白い鶏を呼びよせた。小豆、小豆、こっちにおいで。笛のような声をかすかに鳴らして、美しい鶏が近づいてくる。布団から起き上がっている私を、心配そうに黒い瞳で見つめている。私の具合がわるいことを、この鶏もうすうす感じとっているのだろう。

白い羽根におおわれた体を、そっと両手でつかみあげて腕に抱きすくめる。小豆は、私の真意がわからない様子で、戸惑ったように首をかしげる。さっきまで外であそんでいたせいか、白い羽根からお日様のにおいがする。

私は左手で小豆の足をひとまとめにつかんで、逃げられないようにしてから、右手で首をしめていった。雑巾をしぼるように、ぎゅっと力を入れると、小豆の首はおどろくほど細くなり、手のひらに骨の感触がはっきりと感じられてくる。

小豆が翼をうごかしてあばれる。どうしてこんなことを、と言いたげな様子である。小豆の首の骨が、私の手の中で軋む。嫌、嫌、と、あらがって、逃げようとする。死にたくない。死にたくない。死にたくない。そのような意志がつたわってくる。

やがて、手の中で、骨の折れる感触がする。小豆の体は、ぐにゃりとたれさがった。羽根をむしって、まな板にのせ、包丁で首を切り落とした。頭は桶の中に捨てる。血をぬいて腹を割《さ》き、臓物をとり出し、ぶつ切りにして鍋で煮こんだ。小豆の肉を口に入れて噛みしめると、芳醇な味わいが舌の上に広がり、体の奥から力がわいてきた。食べ終えて、小豆をすっかり骨だけにしてしまったころ、外から和泉蠟庵がもどってきた。散らばっている小豆の骨と、桶の中に捨てられた臓物を見て、彼は私の行いに気づき、さげすむような目で私を見たのである。

体力がもどり、漁村を出られるようになるまで、それから二日間ほどかかった。もしもあの鶏を食べていなければ、私は餓死していたことだろう。村を出るまで和泉蠟庵とはろくに話をしなかった。彼は私の行いを腹立たしくおもっているようで、もう私たちの関係はだめかもしれないと覚悟した。しかし漁村を出て、来た道をもどり、あるいているうちに、またぽつりぽつりと言葉をかわすようになった。山道の途中、木の枝にぶらさがっている柿を見つけて、どこにも人間の顔が浮かんでいないのを確認したら、ほっとしてうれしくなった。

そしてまた、これもいつものことだが、町にたどりついて、例の漁村のことを人に話しても、だれもそのような村のことはしらないのだった。あれは、和泉蠟庵の迷い癖の結果、たどりついてしまった場所であり、道に迷わずに行こうとしても、きっと見つからない場所なのだろう。その後も私と和泉蠟庵の旅はつづいた。しばらくすると、私たちはすっかり元通り話をするようになった。そのようなある日のことだ。

宿場町で旅籠に泊まり、荷物の整理をしていたら、袋の奥のほうから、白い羽根が見つかった。袋をさかさにしてみると、畳の上に、ぽろぽろと無数に落ちてくる。私は羽根の一枚をつまみあげ、泥のよごれをぬぐった。雨の中、袋に入れて運んでやったとき、抜けたものだろう。落ちた羽根をかきあつめているうちに、指がふるえだし、急におそろしくなり、涙がこみあげてきた。嗚咽《おえつ》しながら泣いていると、和泉蠟庵が、小さな巾着袋を差し出した。中には彼の拾いあつめた小豆の骨が入っていた。それをうけとり、胸の前でにぎりしめた。

あるはずのない橋

一

着物を木の枝にひっかけてやぶってしまった。提灯《ちょうちん》の明かりを近づけて確認する。うごきやすいようにまくりあげ、しばっていた裾《すそ》が、裂けていた。あたりはすっかり暗い。日が落ちたうえに、まわりは木の茂みである。月明かりもさえぎられている。さっきから霧も出てきた。私たちは、土から飛び出ている木の根っこにつまずかないよう気をつけながら獣道《けものみち》を進んだ。やがて前方がひらけると、目の前に崖があった。

突然、地面がなくなってしまったかのような光景だった。崖下は暗闇と霧のせいで見えない。道は崖のふちにそってのびている。片側にはなにもなく、足をすべらせたら命はないだろう。しばらくして和泉蠟庵《いずみろうあん》が前方を指さして言った。

「橋がある。あれは刎橋《はねばし》だ」

霧の中に橋が浮かんでいる。崖の一点から、水平にまっすぐ、霧の中にむかってのびている。

「刎橋というのは？」

私は和泉蠟庵にたずねた。

「あのような造りの橋を、そう言うのだ」

崖に木の柱が何本も差しこんであり、それらによって橋は支えられているようだ。橋脚というものが見あたらない。これが普通の川であったなら、川に柱を立てて橋を渡せばすむのだろう。しかしここは、底の見えない崖の上である。橋脚につかえるような長い木の柱は立てることができないのだ。だから、崖に差した柱が橋脚のかわりというわけだ。

「崖に差しこまれた木を、刎《は》ね木と言う。だから、このような橋は、刎橋と呼ばれている」

刎ね木はどれも、崖に穴をあけて、斜めに差しこまれている。下の刎ね木が、上の刎ね木を支えており、上の刎ね木は、またその上の刎ね木を支えている。それがいくつもくりかえされたのち、一番上に橋がのっている。

「支えられている刎ね木は、下の刎ね木よりも、すこしだけ長い。支えられているぶんだけ、遠くへのばすことができるのだ。下から順番にそれをくりかえすことで、より遠くへ柱をのばすことができるというわけだ。それにしても、こんなに立派な刎橋は、見たことがない。普通は刎ね木の数など、せいぜいが数本だ。しかし、この橋の場合、五十本以上あるぞ」

和泉蠟庵は、崖下をのぞきこんでうなった。ずいぶん下のほうまで、刎ね木が差しこまれている。橋の幅も広い。このように大きな橋を、私はこれまでに見たことがなかった。

「たまには、道に迷ってみるものだな。旅本に書くことが見つかった」

和泉蠟庵という男は、旅本を書いて生計をたてている。旅本というのは、これから旅をする人のため、道や温泉や関所の位置、宿の泊まり方や名所旧跡の紹介をした本である。道が整備され、旅のしやすい世の中になったとはいえ、まだ旅慣れない者は多い。生まれてはじめて旅をする人にとって、旅本は助けになるはずだ。このような見事な橋は、名所として書いておく価値がある。ほかの旅本で紹介されていない名所が書いてあれば、売り上げもふえるかもしれない。

「でも、蠟庵先生、この橋を本に書くためには、まず、ここがどこなのかを、しらなくてはいけない」

見事な橋があった、しかしその位置はわからないでは、旅本を読んだ人に怒られてしまうだろう。私たちは、今、自分のいる場所がわからなかった。本来ならもう、宿場町に到着しているはずなのに、そのような明かりは見えない。ここにたどりついたのは偶然だったのだ。

和泉蠟庵には、道に迷ってしまうという悪い癖があった。山をのぼっていたかとおもえば、いつのまにか海に出てしまい、町中で階段を下りていたら、なぜか島に出てしまう。目的地にはなかなか着かず寄り道ばかりさせられる。この崖に出る前も、私たちは地図を見ながら平野をあるいていた。地図には崖の絵など描かれていなかったはずなのに。そもそも、いつのまにこんな高い場所まで私たちはのぼってきたのだろうか。

「くよくよ、するべきではないよ」

和泉蠟庵は、荷物袋を背負いなおす。

「ひとまず村をさがそう。野宿なんていやだからね。刎橋は、また明日、日がのぼってから見に来よう」

そう言って崖に沿ってあるき出す。私もそれについていった。従うしかないのである。私はただの荷物持ちであり、彼に博打《ばくち》の借金を肩代わりしてもらったという恩がある。

村はすぐに見つかった。橋があるのだから、近辺に人が住んでいないわけがない。そこは山間の小さな村だった。階段状の田んぼの横を、提灯で足元を照らしながらあるいた。手近な家の戸をたたき、村長の家をたずねる。立派な牛舎のある屋敷が村長の家だった。

「どこか、私たちが一泊できるような小屋はないものでしょうか」

和泉蠟庵が村長にかけあってみる。ちょうど手元に、先日、通過した温泉街で買った土産物があったので、それを渡してみると、村長は上機嫌になり、私たちは村長の家に一泊させてもらうことになった。

「こちらに、お泊まりください」

私と和泉蠟庵は、老婆に案内されて、屋敷の奥の広い部屋に通された。行灯《あんどん》に火をともし、荷物袋をおろして足をもんでいると、老婆が食事の用意をはじめる。顔も、手も、皺《しわ》だらけの女だった。腰も折れ曲がり、足をわるくしているのか、老婆はゆっくりとあるいた。

「布団を敷きましょうか」

「いや、いいよ」と私は返事をする。

「では、なにかありましたら、あそこの家に私はおりますので」

老婆は、村長の屋敷から見える、小さな古い家を指さす。この女は、村長の母親かなにかだろうかとおもっていたのだが、どうやら通いの使用人だったらしい。

「そうだ。聞きたいことがある」

和泉蠟庵が老婆に声をかける。

「なんでしょう」

「さっき立派な刎橋を見たんだ。あれはなんという名前の橋なんだね」

老婆はじっと和泉蠟庵の顔を見つめた。聞こえていないのだろうかとおもったが、どうやらちがった。老婆の皺がうごいて、目を大きくあける。

「刎橋と、おっしゃいましたか」

「うん、そうだ。刎橋だ」

「それは、おかしなことです」

「なにが、おかしいのだね」

「あるはずのない橋だからです」

私と和泉蠟庵は、目を見合わせる。あるはずのない橋、と言われても、さきほど私たちは実際に見てきたのだ。

「ごくまれに旅の人が夜に見るのです。しらずに渡ってしまう方も多いと聞きます。しらずに渡ってしまわれた方は、もう、もどってはこないのです」

行灯の明かりは、提灯につかう蠟燭《ろうそく》ほど明るくはない。うす暗い闇の中で老婆は、荒い木彫りの像みたいに顔をこわばらせている。油の燃えるにおいが、あたりにただよっていた。

「あの刎橋は、もう、四十年も昔に、落ちてしまっているのです。それなのに、夜になると、崖の上にかかっていることがあるのです」

和泉蠟庵が行灯のすぐそばで針と糸をあやつり、私の着物のやぶれているところを縫い止めようとする。しかし裁縫が上手な人の手つきには見えなかった。糸を玉結びしないまま縫って、結局は全部がだめになる。それにも気づかないまま作業をつづけているといつのまにか彼は、自分が身につけている着物に針を刺している。どうやら、縫い物をしているときまで、針が迷い癖にかかってしまうらしい。

「そんなもの、ほうっておいていいですよ、蠟庵先生」

「しかし、もったいないじゃないか」

「どうせ安物です」

和泉蠟庵は、針と糸を、畳の上に置く。

「行灯の明かりが暗いから、いけないんだ。手元がよく見えない」

「昼間でも蠟庵先生は道に迷うでしょう。だから明るさは関係ないとおもいますがね。それより刎橋のこと、どうおもいますか」

「どうもこうも。あのおばあさんの話がほんとうだとすると、旅本に書くわけにはいかない。喜び損になってしまったな」

明かりを消して寝ることにした。真っ暗な部屋に外から木々のざわめく音が聞こえてくる。

「橋の幽霊ということでしょうか」

私は和泉蠟庵にたずねる。すでに落ちてしまった橋が、夜になると崖にかかっているという。それは幽霊みたいなものではないか。しかし、人の幽霊を見たという話はたまに聞くが、橋の幽霊というのは、はじめてだ。

私が普段、住んでいる町にも、いくつか大きな橋がかかっている。平野なので橋脚となる柱を川に立てている、普通のつくりの橋だ。流れてきたものが橋脚にぶつかり、こわれてしまうということがたまにある。こわれた橋の残骸が川を流れていき、下流の橋の橋脚をこわすこともあるそうだ。あまりに頻繁にこわれるため、維持にお金がかかり、ついには通行料をとるようになった橋もある。こわれた橋が、いちいち幽霊になっているとしたら、幽霊橋を見た者が、もっといてもいいはずだ。

和泉蠟庵の寝床から寝息が聞こえてくるようになった。私の問いかけには答えないままである。私も寝ることにしよう。目を閉じて、霧の中に浮かぶ刎橋をおもい出しながら、あれはほんとうにあったのか、それともなかったのか、とかんがえる。もしも渡っていたら、どこに着いていたのだろう。

目を開ける。外から音がした。何者かが砂利《じゃり》をふむような音だ。起き上がり、襖《ふすま》を開けて縁側に出てみる。外にさきほどの老婆がいた。

二

夜の風が肌寒い。背中におぶった老婆が呟きこむと、そのふるえが背中につたわってくる。老婆は軽く、とても人の重さとはおもえない。まるで人形を背負っているような気がしてくる。たまに老人特有のにおいがただよってきた。田んぼから獣道へ入ると、月が枝葉に隠れて、よりいっそう、あたりは暗い。提灯の明かりをたよりに進む。右手に提灯、左手で老婆の体を支えるという格好である。ざわざわと暗闇の中で枝のゆれる音がする。猿がいるらしい。気にせずに私はあるく。

「刎橋まで、私を連れて行ってくださいませんか」

さきほど、村長の家の庭で、老婆は地べたに正座をして言った。

「あの、あるはずのない橋までか？」

「そうでございます」

「どうして？」

「前に、あなた様とおなじように、あるはずのない橋を見た旅の方が、おっしゃっていたのです。橋の上に、人影を見たと」

「人影？」

老婆は、土に額《ひたい》をすりつけるほど、深く頭を下げた。

「あの橋が落ちたとき、大勢が亡くなりました」

「人が渡っている最中に、こわれてしまったのか」

「雨のせいで、刎ね木が腐っていたのでしょう。橋の上におりました人影は、そのとき亡くなった人々にちがいありません」

「はたしてそうだろうか」

「証拠がございます」

「どのような？」

「旅の方がおっしゃったのです。橋の上におりました人影の中に、小さな子どもの影があったと。その子は、しきりに左腕をさすっていたというのです」

老婆の嗄《しわが》れた声に、涙声のようなものがまじる。

「左腕をさする子どもの影が、どうかしたのか？」

「私はその子のことを、しっているのです。四十年ほど前に、私が叱って、左腕をたたいた、私の子どもにちがいないのです」


崖のふちに沿って道がのびている。足を滑らせないよう気をつけてすすむ。あいかわらず霧がたちこめて反対側の崖は見えない。背中の老婆はさっきからなにもしゃべらない。軽い体から、背中に、あたたかさだけがつたわってくる。今は暗闇しか見えないが、崖の下には川が流れているらしい。私は寝間着を脱いで、着物に着替えていた。

「私があの子を、叱ったりしなければ……。あそんでばかりいるので、つい、かっとなって、あの子の左腕をたたいてしまったのです。それから、いやがるあの子に、おつかいを言いつけました。橋を渡ったところにある、隣の村へ行って、知り合いの家からお包みをもらってくるようにと。でも、あの子が刎橋を渡っているさなかに、それは起こってしまったのです。私は家にいて、見てはおりませんでしたが、その大きな音だけは、聞こえてまいりました。あの子が刎橋といっしょに落ちてしまったのは、すべて私のせいなのでございます」

「しかし、今はもう、あるはずのない橋に行き、そこで死んだはずの息子に会ったとして、いったいあんたは、なにをしたいのだ」

「あの子に赦《ゆる》しを請いたいのです。ずいぶん前に夫は死にました。私も長くはないでしょう。心残りがあるとすれば、あの子のことだけなのです。あの子が死んだのは私のせいなのです。それをあの子に赦してもらわなくては、私は死んだあと、きっと地獄に堕とされるにちがいないのです」

「地獄か」

死んだあと、生前のおこないが悪いと、そのような場所に連れて行かれるという、もっぱらの噂だ。涙でぬらした皺だらけの顔に、おびえている様子があった。

今、会うことがかなわなくとも、死ねば息子に会えるのではないのか、などとおもっていたが、死んで地獄に連れて行かれたら、あの世で息子にも会えないというわけか。

「だけど、あんた、刎橋の場所くらい、まだおぼえているんじゃないのか。一人で行ってくればいいだろう」

「今の私の足では、山道がつらいのです。村の者に、おぶってほしいとたのんでみたのですが、あるはずのない橋のことを、この村の者は、みんな、おそれているのです。私を連れて行ってくれる者はだれもおりません」

「私も断る。ばあさんといえども、人を背負って夜中に山道を行くのは、なかなか面倒だ」

「もちろん、ただとは言いません。刎橋のところまで連れて行ってくださったら、謝礼をお支払いさせていただきます」

「なんだと。私が、金でうごくような男だとおもっているのか」

老婆が、恐縮したように地面へ額をすりつける。

「それで、謝礼というのは、どれくらいだ？」

しかし、金のために老人を背負っているわけでは決してないのである。私は、母子の情というものをたしかめたかったのだ。私の背中にくっついている、この皺だらけの顔が、はるか昔に死んでしまった息子に再会したとき、どのような表情をするのか、それを見てみたかったのである。人助けをしているのだ。そうしておけば、私も地獄に行かないですむだろう。

やがて前方の霧に刎橋の影が見えてきた。崖の一点から空中にむかって、水平にのびており、その先は霧の中に消えている。

「あれだろ、昔、かかっていた橋ってやつは」

月に照らされ、橋の構造が見えてくる。斜めに崖へ差しこまれた無数の木の柱。刎ね木である。下の刎ね木が、上の刎ね木を支える。上の刎ね木は、またその上にある刎ね木を支えている。それを何度もくりかえす。上の刎ね木は、下のものに支えられて、すこしだけ遠くへのびることができる。母親に背負われた子どもが、遠くへ手をのばすみたいに。何度もそれがくりかえされるうちに、崖からのびていき、ついには橋がかかる。よくかんがえられたものである。

「ああ……！」

畏怖《いふ》するような老婆の声。橋のそばで立ち止まり、老婆を背中からおろす。虚空へとのびている巨大な橋の姿は荘厳である。それの大きさにくらべたら、私と老婆の体など、家の軒先をはいずりまわっているちっぽけな蟻《あり》みたいなものだ。老婆は私の着物をつかんだまま離さない。一人で立っていることができないようだ。足が悪いせいではなく、目の前の刎橋のせいであるらしい。

「これは、そうです、大昔に、こわれたはずの……」

「立派な刎橋だ。だれがつくったのだ?」

「それさえわからないほどの昔からあったのです」

老婆が、ようやく私の着物から手を離す。私は橋に近づいて欄干《らんかん》にふれてみる。古びて灰色になった木は、石のように硬く冷たい。夢や幻のように曖昧なものではなく、しっかりとここにある。

「おーい!」

私は提灯を橋の上にかざして声をかけてみる。返事はない。あいかわらず霧が深いため、橋の上にだれかがいるのかどうかわからない。しかし、噂に聞いていたとおり、何者かがいるという気配がある。暗い崖のあいだをぬける、肌寒い風の中に、ときおり、ささやき声のようなものがある。あるいはそれも気のせいだろうか。

老婆はおびえるように、橋から数歩離れた場所に立ちすくんでいる。このまま息子に会えなければ、ここまで来た意味がない。もらえるはずの謝礼もすくなくなるかもしれない。それは実に由々しき事態である。

橋の上にのって飛び跳ねてみるが、ゆらぎもしなければ、こわれる様子もない。頑丈そのものだ。これならだいじょうぶかもしれない。

「あんたは、そこで待ってな。せっかくだ、ちょっと行ってみて、あんたの息子を呼んできてやるよ」

私はそう言うと、老婆をその場にのこして橋の上をあるきはじめた。

三

刎橋の周囲は霧がたちこめており、まるで雲の中をすすんでいるかのようだ。提灯の明かりが、私のまわりだけ照らしている。橋の幅は広い。三人が両手を広げても、左右の欄干にはとどかないだろう。欄干のむこうに地面はない。はるか下のほうまで、霧のたちこめる闇だ。

能や歌舞伎に、「石橋《しゃっきょう》」という作品があったなとおもい出す。あれはたしか、細く長い石の橋を渡ろうとする僧侶の話ではなかったか。橋は浄土へつながっているのだが、修行を積まなくては渡れないのだ。獅子が登場して、勇壮な舞を見せるのも、たしかこの作品だった。まさかこの橋が、作品に登場する石の橋というわけではないだろう。木製だが、硬さはまるで石のようだから、だんだんに、そうおもえてくる。獅子など出なければいいのだが。

立ち止まる。前方の霧に人影があった。しかし、老婆の息子とやらではないことがすぐにわかる。その影はあきらかに大人のものだ。

「おい、そこにだれか、いるのかい」

声をかけてみる。返事はない。近づいてみることにした。そこにいたのは着物を着た年配の男だった。男は猫背で貧相な農民という格好である。ぼんやりとした表情で立っている。奇妙なことに全身がぬれており、顎《あご》の先から水の滴《しずく》をたらしていた。橋の上に水たまりが広がり、だらんとたれさがっている腕と指の先や、着物の裾から滴が落ちる。

「どうしたんだ、あんた。雨でもふったのかい」

男は、ゆっくりとふりかえる。しかし目は遠くを見ているかのようだ。

「あの日、おぼれちまってよう……」

男が、かなしそうにつぶやいた。泣いているのかもしれないが、顔がもともと水でぬれているため、涙を流しているのかどうかわからない。

「おぼれた？」

「ああ、そうだ。落ちていったんだ。落ちて、川を流された」

ぽたぽたと水の滴の落ちる音がする。

「そりゃあ、災難だったなあ」

「寒い。ここは、寒い」

猫背の貧相な男は、くりかえしつぶやきながら、顔を両手でおおった。

「ところで、あんた。男の子は見なかったかい」

私はたずねてみたが、男は「寒い」とつぶやくばかりで、まともな返事をしてくれなかった。男をほうっておくことにして、私は橋の上を、先へすすむことにした。

刎橋はどこまでも空中をのびていた。霧がかかっているせいで、反対側の崖も見えず、橋の終わりが見えない。もういい加減に反対側へ着いてもいいだろう、という長さをあるいたとき、また前のほうに人影が見えた。今度は、私とおなじくらいの年齢の痩《や》せた女だ。欄干に両手をそえ、橋の下のほうを見ていた。長い髪が橋の外にたれさがって、さきほどの男と同様に体中から水滴をしたたらせている。片方の足には草鞋《わらじ》をはいているが、もう片方は裸足である。

「なあ、あんた。ここらへんで、男の子を見なかったかい」

声をかけると、女は、ゆっくりと髪をかきあげて私のほうをふりかえる。かきあげられた髪から、しみこんでいた水があふれて、足元に水たまりをつくった。

「男の子……」

「そうだ。その子は、左腕をさすっていたかもしれない」

「それなら、あの日、私の横を、通り過ぎていきましたよ。それから、すぐに、落ちていったんです」

「はい。すごい音がして、私たちは、落ちていったんです」

どいつもこいつも、ここで会う人間は、まともなことを言わない。

「あの……、お聞きしたいことが、あるのですが……」

痩せた女は、青白い唇を噛んで、橋の下を見る。

「私、死んでしまったのでしょうか」

欄干に置いている女の手が、がたがたとふるえている。

「いや、私には、よく、わからないが……」

女はおびえている。ほんとうのことを言いづらかった。女が、だまりこくって、うつむく。長い黒髪に顔が隠れてしまった。そのまま、一言もしゃべらなくなったので、先へすすむことにした。

もしかすると、この刎橋は、どこにもつながっていないのかもしれない。次第に、そのようなことを、おもいはじめる。霧のむこうに、まっすぐ、橋がのびている以外には、周囲になにもない。反対側の崖も、あいかわらず見えてこない。そもそも、このような長い橋をつくることが、人間にできるのだろうか。崖の上から見た、五十本ほどの刎ね木の組み合わせは、たしかに壮観であった。しかし、それだけで支えられるほどの長さは、とっくにすぎているのではないか。

あるいは、落ちる前は普通の橋であったのが、今はもう、状態が異なっているのかもしれない。霧の中に長くのびているだけで、片方の崖にしか、かかっておらず、その先はどこにもつながっていないというような、奇妙な姿になっているのかもしれない。

そのとき足音が聞こえた。子どもが駆けるような音だった。立ち止まり、提灯をかざすと、前のほうから小さな人影がせまってくる。息をのんで、近づいてくるのを待つ。やがて私の前にあらわれたのは、十歳くらいの少年だった。少年は私の横を通り過ぎて行こうとした。

「ちょっと、待ちなさい」

声をかけると、その子は立ち止まる。

「なんだい？」

少年は左腕をさすっていた。肌が赤くなっている。

「その腕、お母さんにたたかれたんじゃないのか？」

その子もまた全身をぬらして、水滴をしたたらせている。私の言葉を聞いて、すこしおどろいたような顔になり、少年はうなずいた。

「ああ、そうさ。でも、なんで、そんなこと、しってるんだ？」

「なあ、おまえは、あそんでばかりいて、お母さんに叱られて、左腕をたたかれた。そして、隣の村までおつかいをたのまれて、この刎橋を渡っていた。そうなんだな？」

「うん。でも、途中で死んじゃったから、おつかいは、まだ終わってないんだ」

少年が、あっけらかんとした表情で言うものだから、私は面食らった。

「自分が死んでいることを、しっているのか」

「あたりまえじゃないか。だって、あんな高さから落ちて、生きていられるわけがない。僕は、折れた刎ね木といっしょに、川へ落ちたんだ。すごい音がしたんだよ。ばりばりばりって、なにもかも、ひきさかれるような音がね。それから、みんなといっしょに、川の底へしずんでしまった」

少年は、寒そうにかたかたとふるえる。

「あんまり寒いから、こうして、はしって体をあっためようとしているんだよ。それにしても、僕が、あんまり帰ってこないものだから、お母さん、怒ってるだろうな」

「いや、怒ってはいない」

「どうだか。僕のお母さんは、怒りっぽいからな。死んだあとも、ずっと、ここが痛いんだ」

母親にたたかれたという左腕をさすりながら、少年が頬をふくらましている。あんなに怒らなくてもいいじゃないか、と言いたげな表情である。顔が青白く、全身をぬらしていなければ、この少年が死んでいることを、私はわすれていただろう。

「きみのお母さんが橋のそばで待ってるぞ。今なら会えるかもしれない」

少年は私の顔を見上げた。信じられない、という表情である。

「どうだ。お母さんに会いたくないか。きみを連れて行くって約束してしまったんだが」

「お兄さんに、ついていくよ。お母さんに、また、会いたいな」

少年はうれしそうに、何度も飛び上がった。そのたびに水滴が周囲に散った。

少年とならんで来た道をもどりはじめる。途中でさきほどの女とすれちがうとき、少年が私に耳打ちした。

「あの人、村に好きな人がいたんだ。だけどこんなふうになっちまって、かわいそうだね」

ほかにも、この橋に迷いこんだ旅人のことも少年はおぼえていた。

「こんなふうに、夜のあいだだけ、橋がかかるようになっちまって、何人か迷いこんできたんだ。今はもうないはずの橋だってことしらずに、渡ろうとするんだ。でも、みんな、どこに行っちゃったのかな」

少年の話によると、そのような旅人たちは、ずっと先のほうに行ってしまったまま、もどってこないのだという。

「おまえは、この橋が、どこへつづいているのか、しっているのか？」

「さあね。いつも途中でひきかえして、崖のそばを行ったり来たりしてるからな。でも、一度だけ、どこまでつづいているのか、ずいぶん先のほうまで行ってみたことはあるよ。こわくなって、ひき返したけどね」

「こわくなった？」

「なんだか、そのむこうは、暗くて、さびしそうだったんだ」

最初に話をした猫背の男ともすれちがい、橋の袂《たもと》が近づいてきた。やがて、鳥の声がするようになる。森で鳥たちが鳴いているのだ。風が腕にあたる。そのことでようやく、さっきまで橋の上には風もなかったのだということに気づかされる。朝の気配が風にふくまれていた。少年はいつからか口数がすくない。無言で左腕をさすっている。やがて霧の中に巨大な崖が見えてきた。

四

老婆は崖のそばに生えている松の木の根元に腰かけていた。目を閉じて念仏のようなものをとなえている。「おい」と声をかけてみる。と息を飲むような声を出し、こちらをふりかえり、老婆はよろけながら立ち上がった。まず最初に私を見ておびえたような顔をする。そして、私の隣をついてあるいてきた少年に目をとめる。

少年は橋の上から出てこなかった。まるで、地面の上に足をのせてはいけないとでもいうように、橋と地面との境界の、ほんのすこし手前で立ち止まり、自分の母親を見た。私の期待していたような表情を少年はしなかった。たとえば涙を流しながら、母親に抱きつくんじゃないかと、すこしだけかんがえていたのだ。しかし少年は首をかしげて、老婆を見つめているだけだ。そういえば少年が死んだとき、母親はまだ、若かったはずだ。

「おぼえているのと、ちがうかもしれんが、この人が……」

そう言いかけたとき、老婆が私の横を通りすぎ、少年の足元にひざまずいた。

「ああ、おまえ……」

すすり泣くような声を出し、老婆は少年の手をとってにぎりしめる。顔中を涙でぬらしていた。

「手が、こんなに冷たい」

「だって、しょうがないよ、お母さん」

少年は、老婆にうなずいて、それから私を見て、もう一度、うなずいた。

「お母さん。そうなんだね。なんだか、ずいぶん、おぼえているのとちがってるけど。

でも、お母さんだって、わかるよ」

少年は老婆に手をにぎられたまま言った。

「ずいぶん、老《ふ》けてしまったね」

白髪だけの母親の頭に手をのせる。

「一時《いっとき》もわすれていなかった。こんなふうに、また会えるなんて」

老婆は両手を合わせて自分の息子を拝む。

「おまえ、あのときのままなんだねえ」

「そうさ。死んだときのままなんだ」

「全身が、びしょぬれじゃないか」

「川に落ちて死んだからだよ。あれからずっと、びしょぬれのままさ」

「さみしかったかい」

「でも、もう、だいじょうぶだよ」

「成仏しておくれ」

「成仏？　よく、わからないけど、そうしてほしいなら、そうするよ」

老婆は少年を抱きしめた。

「私がおつかいになんて出したばっかりに」

「お母さんは、僕が死んだこと、自分のせいだっておもってる？」

「そうだよ。赦しておくれ」

少年は返事をしないまま母親の背中をさすりはじめる。

そのとき、少年の後方、霧の奥へとつながってかすんで見えなくなっている橋の先から、人影の近づいてくる気配があった。ひとつ、ふたつと、影がふえていき、ぞろぞろと橋の袂をめざしてやってくる。最初に見えた影は、さきほど橋の上で出会った猫背の男だった。その後ろには髪の長い女。ほかにもいろいろいる。その全員が、水を体中からしたたらせている。

「お、おい……」

私は橋と地面との境界で抱き合っている母子に声をかける。しかし二人とも私の言葉など聞いてはいない。少年はさきほどから無言で母親の背中をさすりつづけているのだが、奇妙なことにその顔から表情というものの一切が消えていた。能面のような顔で、その目はただの黒い色だ。

「ゆるしておくれ」

老婆が懇願する。しかし少年は、もうさきほどのように、子どもらしい声を発さない。少年の後ろに、橋の先から人々があつまってくる。

「かんべんしておくれ」

老婆が少年の体から離れようとする。そのとき、背中をさすっていた少年の腕が、ぎゅっと老婆の背中にしがみついた。これは様子がおかしい。私は戸惑いながら母子に近づく。老婆が叫び声をあげた。少年の顔がいつのまにかおそろしい形相になっていた。目はつり上がり、歯を食いしばっている。少年の後ろにいた者たちもまた、おなじような形相だ。

「離しておくれ。離しておくれ」

地面に膝《ひざ》をついた老婆の体を、少年とそのほかの死人たちが、刎橋の上に連れて行こうとひっぱりはじめた。老婆は、どこにそのような活力があったのか、腕をふりまわして抵抗する。そのとき、老婆が私の腕にしがみついた。少年が老婆の腰に腕をまわしている。猫背の男が老婆の片足を、髪の長い女は、老婆の首をひっぱる。

「いやだ。行きたくない。まだ、行きたくない」

老婆がひっぱられていく。腕をつかまれたままの私もいっしょだ。このままではいけない。私は手をふりほどこうとする。しかし老婆は、皺だらけの顔をゆがめて、今度は私の着物にしがみつく。

「離せ！」と私は叫んだ。老婆に対して怒りがわいた。

「離せ！　このクソ婆あ！」

橋の上に連れて行かれるのはおそろしかった。私は橋の袂の固い木の板に爪をたてる。老婆が着物をつかんでいるせいで、じりじりと、ひきずられていく。

「やめろ！　私まで、連れて行くな！」

抵抗して這い進み、指の先が、崖の地面にふれる。

鳥の声が頭上でさえずり、山の稜線から光があふれた。いつのまにか空は明るくなっており、霧もうすれつつあった。どうやら朝になったらしい。山のむこうから差しこんでくる朝日が、刎橋の上に落ちた途端、地響きのような音が聞こえてくる。腹の底からふるえるような巨大な音である。刎橋がゆれた。崖に突き立っている刎ね木が、次々と折れていく。あれほど硬く、しっかりとしていた刎橋が、今はもう、雨で腐ったかのようにたわんで斜めにかしぐ。

橋が落ちはじめた。まずは橋の中央付近から崩落をはじめる。私たちのいる袂のあたりは、刎ね木のあるおかげで形をたもっている。しかしそれもあやうい。また何本か、腹の下で柱の折れる振動がある。私は手の指を崖のふちにひっかける。自分の体だけなら支えていられるはずだ。しかし老婆がまだ、私の着物にしがみついている。老婆の体には、死者たちがしがみついている。

ついに橋の袂までが、かたむきはじめた。

「離しやがれ！　婆あ！」

私は老婆を蹴った。踵《かかと》が老婆の顎《あご》にあたって、ぐにゃりとした感触がある。しかし老婆もまた、死にものぐるいで私の着物をつかんでいる。組み上がっていた材木がばらばらになり、がらん、がらん、と崖に当たって音をたてながら落ちていく。

最後の瞬間は突然におとずれた。ひときわ大きな音で、柱の折れる音がしたかとおもうと、崖の地面と橋の板との境界がひびわれた。私たちの体は一瞬、浮いたように感じられて、橋の袂のあたりまで、すっかり全部が落ちはじめたのだ。しかしそのとき、私の着物の生地が、ばりばりと裂けたのである。昨晩、木の枝にひっかけて、和泉蠟庵の裁縫もむなしく、やぶれていた箇所が、しがみついている者たちの重みによって、ついに真っ二つに裂けてしまい、ちぎれてしまった。老婆が叫び声をあげる。私の着物の切れ端をにぎりしめて、無数の材木や、大勢の死人とともに落ちていき、崖の底へ消えてしまった。

「耳彦《みみひこ》！」

崖のふちに一人でぶら下がっている私の耳に声が聞こえた。見上げると和泉蠟庵の顔があった。

「手をのばせ！」

彼は私に腕をのばした。

和泉蠟庵は夜中に目を覚まして、私がいないことに気づき、いつまでたってももどらないから捜していたのだという。寝る前に吊橋の一件を気にしていたから、もしかしたら崖にいるのかもしれないとおもい行ってみたところ、ちょうど刎橋の崩落するところだったという。

私は彼の手をかりて平らなところにもどり、地面の感触をたしかめた。朝日が高さをまして、すっかり霧がなくなっていた。反対側の崖が見えるようになり、崖底に流れている川も見えた。しかし刎橋の残骸はなかった。反対側の崖までの距離もそれほど遠くはなかった。崖は最初からこうであったような静けさである。声をあげて老婆を呼んでみたが返事はない。目をこらしてみたが死体らしきものも崖の下にはないようだ。あるのはただ岩肌に点々と開いている、かつて刎ね木の差しこまれていた穴だけだった。

村を出発し、旅を再開した。少年が見せた鬼の形相。あれは生きている者に対する憎しみの顔だった。母子の情愛までも消し去るほどの怒りだった。生きている者が、羨ましく、妬《ねた》ましいという顔。一人で死ぬのが、さみしく、こわいという顔。かつてあったはずの、あらゆる感情や、愛は、死とともに消え去っていた。そしてあの老婆も、橋の上に連れて行かれるのがいやで、私にしがみつき、私もまた、汚い言葉で老婆をののしり、蹴落とそうとした。あらゆるものが、おぞましい。私自身もまた、おぞましいものの一部だ。

「わすれたほうがいい」

あるきながら和泉蠟庵が言った。

「わすれたほうがいいことも、この世には、あるのだ」

踵に、ぐにゃりとした、肉の感触がのこっている。老婆を蹴ったときのものだ。自分だけでもたすかりたいとおもった。

「私は、母と子が再会して、抱き合うさまを見たかったのです」

「ああ、わかっている」

「私は、ただ……」

あるきながら、いつまでも、ぶつぶつと、おなじ言葉をくりかえした。

顔無し峠

一

街道が整備されると、物見遊山《ものみゆさん》の旅が盛んになり、人々はめずらしい風景や食べ物や工芸品をもとめて出かけるようになった。旅の目的は人それぞれだが、とくに人気が高いのは湯治である。

温泉には様々な効能があり、関節の痛みをやわらげてくれるものや、硬くこわばった筋肉をほぐしてくれるもの、さらには、入浴した者を若がえらせてくれる温泉もかつてはあったという。肌に艶《つや》がもどるという程度ではない。何度でも入っているうちに、抜けた歯や毛髪がふたたび生えてくるのだそうだ。

「一度だけ、そのような温泉宿を山の中で見つけたことがある。ある女が、生まれて間もない赤ん坊といっしょに温泉へ入ったところ、湯船につけた赤ん坊がだんだん小さくなって、最後には消えてしまったそうだ」

旅本の作者でもある和泉蠟庵《いずみろうあん》がそのようなことを言った。

「温泉の場所を書きとめておいたのだが、おなじ道をあるいても、二度とはめぐりあわなかった。景色はおなじなのに、温泉宿だけが見あたらないのだ。惜しいことをした。旅本で紹介することができていたら、名所になっていただろう。私の本の売れ行きもよくなっていたはずだ」

　私は和泉蠟庵にやとわれて幾度か旅に同行している。彼との旅は過酷きわまりない。本来なら旅などせずに町でなんらかの仕事につきたいところである。たとえば大工など試みたことがある。しかし私といったら釘《くぎ》のひとつも打てやしない。間違えて金槌《かなづち》で指を打つのがおそろしくて仕事に行かず部屋で酒を飲んだりしているうちにやめさせられてしまった。蕎麦《そば》屋へ弟子入りしたこともある。しかし蕎麦打ちというものはずいぶん疲れるもので、怒られたりもするし、やはり蕎麦はつくるのではなく、食べるのが好きだなとおもって、部屋で酒をのんだりしているうちにやめさせられてしまった。いつもそんな感じだから、町で女の子に声をかけても、私を相手にするような者はおらず、ひどいときには小石を投げて追いはらわれたりするのである。しかたないから、近所の子どもをあつめて、草で笛をつくるやりかたを教えたりもしていたが、これもすぐに私より子どものほうが上手につくって吹けるようになるから、私の出る幕はなくなってやることがない。そうしているとお金が尽きてしまい、なんとかして酒代を手に入れなくてはいけなくなるので、これはもう博打《ばくち》しかない。ずっと前に博打でひどい目にあったけれど、人間というものは、そうかんたんに成長しないものである。その結果、借金がのこり、どうしようもなくなったときにたすけてくれたのが友人の和泉蠟庵だったのだ。

「私は先生に感謝していますよ。しかしこれは、あんまりです。どうせ死ぬのなら、こんな山奥ではなく、畳の上で死にたい。もうこの旅を最後にさせてもらいます」

足をひきずるようにして、私たちは山奥の獣道《けものみち》をあるいていた。何度目かの旅の最中だった。左右に茂っている木が枝葉をのばして獣道に天井をつくっている。お日様はさえぎられているが、ちっとも暑さは弱まっていない。全身から汗がふき出し、額《ひたい》をぬぐうのもおいつかない。やぶ蚊《か》の柱に出会うと、目や鼻や口の中に入ってくる。草木の青々としたにおいがあたりに充満していた。竹でつくった水筒が空になって久しい。

「私はすこしも不安を感じていない。山で迷子になっただけじゃないか」

前をあるきながら和泉蠟庵が言った。

「そのうち、どこかの集落に着くよ」

「集落につかなかったら、冥土にたどり着くことになりますがね」

迷子癖の和泉蠟庵といっしょにいたら普通の旅はできない。迷うわけがない一本道で迷子になる。あるいは、ひと月もかかるはずのところへ半日もかからずに到着してしまう。

「もうやめた！　絶対にやめた！　これっきりで最後にします！　私は平穏に暮らしたいのです！」

「声を出さないほうがいい。力をつかうから。はやく冥土を見たいのなら別だけど」

疲労困憊《こんぱい》し、私と和泉蠟庵はその後、むっつりとだまりこんで獣道をすすんだ。暑さと喉《のど》のかわきにたえながら足をうごかす。険悪な雰囲気が私たちのあいだにあった。しかし、いっしょに旅をしていれば喧嘩くらい日常茶飯事である。一番ひどかった喧嘩といえば茸《きのこ》事件のときである。道ばたに生えていた赤い茸を和泉蠟庵がもぎり、私に手渡して「食べてごらん」と言ったのである。口にしたところ、数日間、私は立ち上がれなくなった。「どうやら毒が入っていたらしい。耳彦《みみひこ》がだいじょうぶだったら、私も食べてみようかとおもっていたのだが」と和泉蠟庵。その後、彼が執筆した旅本には、毒茸に関する知識がもりこまれていたという噂だ。

前方を進んでいた和泉蠟庵がたちどまる。

「おーい！」

腕をふりながら、彼は遠くにむかって叫んだ。緑色の木々におおわれている前方の山肌に、籠《かご》を背負った年配の男が見えた。

「た、たすけてくれー！」

私も和泉蠟庵の真似をして腕をふる。男もまた、私たちにむかって手をふりかえした。「どうしたー!?」と彼が聞いた。「道に迷いました！」。私たちの会話はこだまをのこして空にきえる。彼の住んでいる集落が近くにあり、そこまで案内してもらえるかもしれない。私は安堵ですわりこみそうになる。男が私たちのほうに近づいてくる。途中で木の茂みにさえぎられて見えなくなったが、待っていればじきにここへ来るだろう。

「彼のいる方へ行こう」

和泉蠟庵がそう言ってあるきだそうとするので、彼の背負っている革袋をつかんで止める。

「だめです。蠟庵先生はうごいたらいけません」

「なぜだ?」

「道に迷うからです」

目と鼻の先を移動するときでさえ、和泉蠟庵の場合、わけのわからないところへ迷いこむことがある。まっすぐ男のほうへむかったつもりでも、実は別の方向へむかってしまうということがありうる。せっかくたすかりそうな気配なのに、そうなってしまうのはいけない。

「そこまで私を信じられないのか……」

彼は傷ついたような顔をする。

私たちの前方にある茂みをかきわけて男が見えてきた。最初のうち男は、私たちを安心させるような顔つきで、手をふりながら近づいてきていたのだが、そのうちあゆみがおそくなり、ついにはすこし離れた場所で立ち止まってしまう。目を大きく広げて、顔面が蒼白になっていた。

「喪吉《もきち》でねえか！」

そう叫ぶと、地面に膝《ひざ》をついて両手をあわせる。私と和泉蠟庵は様子がおかしいことに気づいて目を見合わせた。

「どうされました？」

和泉蠟庵が声をかける。男は恐怖するような表情で私を見ていた。

「喪吉！　成仏せえ！　南無阿弥陀仏！　南無阿弥陀仏！」

どうやら男は、私のことを、何者かと勘違いしているようだった。

旅籠《はたご》で出される料理の山菜をとるためにその男は山へ入っていたという。三人で麓《ふもと》の集落へむかう道すがら、男は私の顔をまじまじと見つめてきた。「水を持ってないか」と聞いてみると、男はふるえる手で水筒をとり出し、私に差し出しながら「喪吉、ほら、これを飲め」と言う。私は喪吉ではなかったが、水筒の栓をぬいて、水をぐいぐいと体に流しこむと、他人の空似のことなんてどうでもよいとおもえた。

田んぼや畑の横をぬけて、麓の集落へ案内された。村と呼ぶには栄えているし、町と呼ぶには小さかった。街道が集落を突っ切っている。大きな旅籠が街道沿いにあり、男はそこで小間使いとしてはたらいているそうだ。都合がいい。今晩の宿泊場所はそこにしようときまった。

川で洗濯している女性の一群がある。私たちの姿を見つけると、その中の一人が立ち上がった。目を丸くして、私の顔をじっと見てくる。荷車をひいていた若い男もまた、私の顔を見て立ち止まり、仰天したような表情のままかたまる。団子屋の椅子で若い娘と談笑していた老人男性が、私を見た途端、団子を喉《のど》につまらせて苦しそうにうめき出し、話し相手の若い娘が背中をたたいてたすけをもとめる。全員ではなかったが、十人中三人くらいは、私の顔を見て様子がおかしくなっていた。

「喪吉という男は、死んだのかい？」

あるきながら私は山菜とりの男に聞いた。

「一年前、顔無し峠で落石にあい、谷川に転落して、流されちまったのです。川底をさらって、一週間後に見つかりました」

「その男と、こいつの顔が、ずいぶん似ているというわけだね？」

和泉蠟庵の言葉に、山菜とりの男が神妙そうにうなずいた。そのあいだにも、すれちがう女が私の顔を見て、きゃっ、と悲鳴をあげる。あそんでいた子どもの一人が、私を見て、おそろしくなったのか、嗚咽《おえつ》を漏らしはじめる。死んだはずの喪吉という男が、成仏できずにもどってきたと、彼らはおもいこんでいるのだろう。

和泉蠟庵はあるきながら、旅の目的地の方角を山菜とりの男にたずねていた。私たちはある温泉地を目指していたのだが、その途中で道に迷ってしまったのだ。山菜とりの男は、西を指さして、「それなら顔無し峠を通るしかありますまい」と言った。男の指さす先には低い山があった。緑が生い茂るこの季節にあって、なぜかその山だけは冬山のようなさみしい色合いだ。木々がそだっておらず、のっぺらぼうである。

旅籠は二階建ての立派な建物だった。組合の講札が入り口にかざられている。講札のおかげで、強引な客引きや飯盛り女のいない優良旅籠だと判別できる。入り口の引き戸をあけると、ひんやりとした木の香りがする。

恰幅《かっぷく》の良い中年の男が廊下を抜けてやってきた。どうやら旅籠の主人らしい。「あらあら、お客さんですか」。もみ手をしながら私たちを順番にながめる。和泉蠟庵を見て、それから私を見て、どすんと尻餅をつく。「やゑ！　やゑ！　たいへんだ！」。奥にむかって叫ぶと、今度は若い女がやってくる。どうやらここではたらいている女中のようだ。

「どうされました？」

やゑと呼ばれた女が旅籠の主人に聞いた。主人はふるえながら私を指さしている。女が私に気づいて息を飲む。

「耍吉さん？」

私は困惑して、和泉蠟庵をふりかえったが、彼は肩をすくめるだけだった。女は、いつのまにか目元に涙をためている。誤解だ。そう説明する前に、女は私に抱きついてきた。おそらく事情をしっているであろう山菜とりの男を私はにらむ。男は面目なさそうに言った。

「さきに言っとくべきだったなあ。ここに、あんたの……、いや、喪吉の女房がいるってこと」

二

やゑはさっきから、ぐずぐずと鼻水をすすって、私の右腕を離そうとしない。くっついているのが男だったら、「おいこら、離しやがれ！」と蹴って遠ざけていただろう。しかしやゑは妙齢の女である。ぴたりとそばによられて、わるい気はしないが、このままほうっておくわけにはいかない。

「人違いだと、何回、言ったらわかる？」

「いいえ、あんたは喪吉さんです！」

「喪吉なんて男はしらない！」

「どっからどう見ても、喪吉は、あんたのことです！」

やゑという女は泣きながらそうくりかえすばかりだ。

私たちは旅籠の一室に通されて荷物をおろしていた。散々に山道をあるかされたあげく、ようやく畳の上へすわれたというのに、すぐ隣にしらない女がいて落ちつかない。和泉蠟庵が旅籠の主人にこれまでの経緯を話している。

「喪吉さん、あんた、わかってんの？　あんたがいなくなって、私と鼻太郎《はなたろう》がどんだけさみしかったか！」

「鼻太郎？　だれなんだそいつは？」

「あきれた！　息子の名前もわすれたの⁉」

「息子⁉」

喪吉とやゑのあいだには息子がいるらしい。しかしその子と私のあいだには、いかなる血のつながりもないのだ。

「他人の子どもだ！　そんなやつの名前を言われて、わすれてるもなにもないだろう！」

おもいのほか、声が大きくなり、話しこんでいた和泉蠟庵と旅籠の主人がふりかえる。やゑは顔をくしゃっとさせて泣きはじめるが、私から離れる気配はない。そこに山菜とりをしていた小間使いが茶を運んできて、私たちの前に湯飲みを一個ずつ置いた。

「それにしてもあんた、喪吉の生き写しだ」

茶をすすりながら旅籠の主人が私を見る。感心するように何度もため息をついた。

「似ているといっても限度があるはずです。喪吉という男と、どこかちがうところがあるでしょう？」

和泉蠟庵も湯飲みに口をつけながら言った。旅籠の主人は首を横にふる。

「鼻の形、目、生え際、全部が喪吉とおなじだ。他人だとおもうほうが、どうかしてる。本当は、あんたがた二人で、私どもをたばかってるんじゃないでしょうね？　そうじゃないのか、喪吉？」

私は否定する。

「たばかってるのは、そっちじゃないのかい？　ほんとうは、喪吉なんて男はいないんじゃないのか？　通りかかったやつの中から、てきとうに選んで、喪吉に似てるって言い張ってるだけなんじゃないのか？」

「私どもが？　どうしてそんなことをする必要があるんです？」

「いわゆる、客引きみたいなもんだ。旅人をつかまえて、似てるって言い張って、この旅籠まで客を連れてくる。どうせだから泊まっていけと誘う。そういう計画だ」

「滅相もない！　そのようなことはしておりません！」

「わかった。じゃあ、それでいい。そういうことでいいから、この女をなんとかしてくれ。この女は、私が喪吉本人だとおもいこんでいるようだ」

私はやゑをひきはがそうとするが、彼女は抵抗して右腕から離れない。だんだん腹がたってきた。自由にうごかせる左の手のひらを彼女の顔に押しあててぐっと力をこめる。やゑの顔がつぶれておもしろくなる。

「この爪の形！　ひらべったくて団栗《どんぐり》みたいな形！　やっぱり、あんたは喪吉さんじゃないか！　私と鼻太郎のこと、おもい出して、もどってきてくれたんだね？」

「おもい出してもいないし、はじめから、あんたたちのことなんかしらないぞ」

「そうやってしらばっくれて！　いい加減にしてよ！　墓にうめたのは、きっと、喪吉さんじゃなかったんだね。だって、川底から見つかった死体は、ぶよぶよだったんだもの。魚にも食われて、正直なところ、ちっとも喪吉さんには見えなかった」

「そいつが正真正銘の喪吉だ」

「あんた、川に落ちて、ずっと下流の村で今まで寝こんでたんでしょう？」

「いや、全然ちがう。蠟庵先生も説明してやってください」

和泉蠟庵は、やゑにむかって、もうしわけなさそうに言った。

「この男は、耳彦という名前の、つまらない男ですよ」

「つまらないは余計です」

「喪吉さんだってつまらない男でした」

やゑが言うと、和泉蠟庵が顎《あご》に手をあてて眉間《みけん》に皺《しわ》をよせる。

「それなら、二人が同一人物だということも」

「かんがえられませんよ。しっかりしてください」

私がにらむと、和泉蠟庵は言った。

「話によると、喪吉さんが死んだのは一年前だというじゃないか。そのころにはもう、私たちは知り合って旅をしていたはずだ。だから、きみと喪吉さんが同一人物だというわけがない」

「その通りです」

私はやゑにむかって左腕の傷を見せる。

「ほらよ、こいつは私が子どものころにつけた古傷だ。喪吉って男には、こんなものなかっただろう？」

川縁であそんでいて、足をすべらせ、とがった石でざっくりとやってしまったのだ。やゑは左腕の傷に、そっと指先をはわせる。彼女の指はつめたい。これで私が喪吉ではないとわかるだろう。やゑは私の目をじっと見つめ、あらためて涙をためる。

「ほら、やっぱり」と、やゑが言った。

「喪吉さんの左腕にも、おなじところに傷がありました」

「馬鹿を言え！」

やゑは、でたらめを言っているのにちがいない。

「なにもかも、あんたが私に話してくれたじゃないの。子どものころ、川縁であそんでいて、怪我をしたんでしょう？」

部屋の縁側から、剪定《せんてい》された松の木や、鯉の泳ぐ池が見える。雲がお日様を隠したらしく、急にうす暗くなり、気のせいか寒気さえ感じた。あたりが暗くなっても、やゑの瞳には光がやどっている。

「その傷、足をすべらせて、とがった石でざっくりとやってしまったんだよね？　私は、あんたの言ったこと、全部、おぼえてるよ」

和泉蠟庵と旅籠の主人が私のほうを見る。どうしてこの女は私のことをしっている？　古傷のできた理由を、私は、だれにも話したことがないのに。やゑの瞳は、祈るような必死さで、私にむけられている。

「……偶然ですよ。私と喪吉って男は、偶然、おなじところに古傷があったんです」

私は和泉蠟庵にむかって話す。彼は湯飲みを置いて、革袋の中から、日記帳と筆をとり出した。

「では、こうしよう。やゑさん、あなたは、喪吉さんの体にあった黒子《ほくろ》や痣《あざ》、傷などをおぼえていますか？」

「はい、なんとなくは」

やゑはうなずく。和泉蠟庵は日記帳の白紙のところに、人間の背中を簡略化したような図をさらさらと描く。

「ここに、喪吉さんの背中にあった特徴を描いていただけますか？　そのあとで、そこにいる男の背中と照らし合わせてみましょう」

「わかりました」

臆することなく、やゑはうなずいた。私の体から離れると、筆をかりて、おもい出すようなそぶりもなく、筆の先をちょんちょんと紙の上につける。右の肩胛骨《けんこうこつ》の下にみっつの小さな黒子。腰の上あたりに楕円形の痣。

「できました」

和泉蠟庵はその図をながめて私に聞いた。

「きみは、この旅籠に到着して、やゑさんに背中を見せたかい？」

「いいえ。着物を脱ぎもしていません」

「じゃあ、照らし合わせてみるとするか」

やゑの描いた背中の特徴を見ても、私はなんともおもわなかった。自分の背中を見たことが、そういえばこれまでに一度もない。しかし、これでやゑの誤解がすっかり解けるだろう。着物の袖《そで》から腕をぬいて上半身だけ裸になる。背中をその場にいる三人のほうへむけた。

「どうだい？　これで、わかっただろう？　私が喪吉じゃないってことが」

三人はだまりこんでいた。様子がおかしいとおもってふりかえると、眉間に皺をよせている和泉蠟庵の顔が見えた。旅籠の主人は顔面を蒼白にしている。やゑは鼻の頭を赤くして、ぐずぐずと泣いていたのだが、私と目が合うと、近づいてきて抱きついた。やゑのぬれている頰が背中にあたった。

「お手上げだ」

和泉蠟庵の困惑するような声がした。

三

「父ちゃん！」

鼻太郎という名前の少年が私にとびついてくる。背丈が私の腰までもないような子どもだ。だれに言われなくともわかっていたが、顔つきが私にそっくりである。肩車でもしていれば、赤の他人だとおもう者はいないだろう。

「おまえの父ちゃんではない」

私がそう言うと、少年は鼻水をすすりながら首をかしげた。

和泉蠟庵を旅籠にのこして、私だけ、やゑの家で寝泊まりすることになった。「どうしてそうする必要があるんだ⁉」と聞いたところ、「だって、あんたの家じゃないの」などと言われて連れてこられた。戸をあけると、留守番していた鼻太郎が私を見て、顔をくしゃっとさせながら、しがみついてきたというわけである。

喪吉とやゑと鼻太郎の家は集落のはずれにあった。小屋みたいな素っ気ない造りだが居心地はよさそうだ。壁にもたれて楽ができそうな一角があり、そのあたりで足を組む。私を見て、鼻太郎がへらへらとわらいながら近よってきた。

「やっぱり、父ちゃんじゃないか。だって、父ちゃんは、いつもそこにすわってただろ？　ここにすわるのが、一番、楽だからって」

すぐ横に古ぼけた木箱がおいてある。中には金槌や鋸《のこぎり》、鉋《かんな》や釘などの大工道具がつめこまれていた。

「だれか、大工仕事でもやるのか？」

「あんただよ、喪吉さん」

「喪吉ってやつは、大工だったのか？　ほらな、私は喪吉ではないってことが、これでようやくわかった。なにせ私は、大工仕事なんて、ちっともできないのだ。かじってみたことはあるが、釘の一本も打てないまま、やめてしまった」

「私と夫婦になる前はそうだったね。あんたはろくにはたらきもせず、賭け事と、酒を飲むことしかしなかった。おかげで借金まみれで、苦労させられたよ。近所の子どもたちをあつめて、草笛を教えることもあったっけ？　私がはじめてあんたに話しかけたとき、子どもたちにかこまれて、草笛を吹いてたよね」

「しらん」

「いい加減に、しらないふりはやめてよ」

そう言ってやゑは夕飯の支度をしながら喪吉との思い出話をはじめた。彼女がおぼえている喪吉という男は、まったくつまらない奴だった。だれかに似ているとおもったら、まさに私自身に似ているのだった。喪吉がやってしまった失敗談、あきっぽくてすぐに投げ出してしまう根性無しの性格。「しらん！　そいつは、私ではない！」と否定してみるが、次第に自信がなくなってくる。やゑが語ったことのうち、半分くらいは身におぼえがあるような話だった。まったくおなじでなくとも、どこかしら似通っている。その状況に置かれたら、自分もそうするだろうという行動や言動を、喪吉という男もえらんでいる。やゑの思い出のなかにいる男は、私自身ではないのかという気が、だんだんにしてくる。

「そういえば、蕎麦屋へ弟子入りしようとしたこともあったね。そのときは、あんた、こう言ってたっけ？　〝蕎麦打ちは疲れるし、叱られるからやめた〟って」

そのうちに、自分ではないと否定することさえ、めんどうくさくなった。私はため息をつきながら、やゑの話にうなずきはじめる。

「ああ、そうさ。やはり蕎麦はつくるのではなく、食べるのが好きなんだ」

私がそのようにぼやいたら、やゑはふりかえってほほえんだ。

喪吉は私と同様につまらない男だったが、やゑといっしょになり、子どもを授かってからは、大工の仕事をつづけていたという。釘を打とうとすれば、指を金槌で怪我してしまう。鋸をひこうとすれば、ひっかかってうごかなくなる。同僚から馬鹿にされ、泣きながら家に帰る。博打や酒に逃げようとしたこともある。それでも喪吉という男は、やゑと鼻太郎をやしなうため、大工をやめなかったそうだ。

鼻太郎が私の膝で眠ってしまった。上唇《うわくちびる》のあたりで鼻水がかたまってずいぶんきたなかった。頭をさわっていると、やゑが目を細めて笑みを浮かべた。私は喪吉ではないはずなのに、なぜか体の奥から安心を感じた。鼻太郎を布団に寝かせて食事をした。やゑのつくった漬け物は私好みの味だった。どうせ、喪吉と私の好きな味付けはいっしょなのだろう。

夜になると、近所の者たちが私の噂を聞いてやってきた。老人たちは私の顔を見ると、手をあわせて「南無阿弥陀仏」と唱えはじめる。もうすこし若い者たちは、「本当に喪吉なのかい？」とたずねてくる。「いいや、喪吉じゃない。赤の他人だ」と返事をすると、ずいぶんこまった顔をされる。

「じゃあ、どうしてそんなに喪吉とおなじ姿なんだ？」

私はすこしかんがえてこたえる。

「だれにでも、自分に似た姿の者が、一人か二人いて、どこかしらない場所で暮らしているのだろう。姿も、性格も、まったくおなじという人間だ。喪吉は私にとっての、そういう男だったらしい。そいつが住んでいたこの集落に、たまたま私は通りかかってしまったというわけだ」

夜が更けて人がいなくなると、静かになった庭先で私は夜空を見上げた。風は吹いておらず、月も出ておらず、周囲の雑木林は真っ黒の影になっていた。腕組みして立っていると、どこからか野良犬がやってきて、私の足のにおいをかぎはじめた。ずいぶん人なつこい野良犬だなとおもいながら首のまわりをかいてやった。

「おまえ、だれにでも、愛想をふりまいてるのか？」

あまりに尻尾をふるものだから、犬にむかって私はたずねる。

「だれにでもってわけじゃないよ。その子、はじめて会った人には、かならず吠えるんだから」

やゑがいつのまにか戸の前に出てきて私と犬を見ていた。

「しかし、私には吠えないじゃないか」

「そりゃそうよ。あんたが子犬のころから、かわいがってた野良犬じゃないの」

「しらん……。こんな犬、しらん……」

野良犬は舌をたらし、はっはっと息を吐きながら、私にまた会えてうれしいという顔つきだ。この犬も、私のことを喪吉だと勘違いしているのだ。ずこしも疑ってはいない。こうなってくると、私のほうが間違っているんじゃないかという気がしてくる。私は喪吉という男で、これまで和泉蠟庵と旅をしていたのは、たんなる私のおもいこみだったのだろうか。

「さあ、お家にもどりましょうよ。布団も敷いておいたから」

やゑが私の手をにぎる。今すぐにその場をはしって逃げるべきか迷う。和泉蠟庵の泊まっている旅籠に行き、すぐにでもこの集落を出たほうがいいのではないか。旅を再開するべきなんじゃないのか。目的地へ行くには、顔無し峠をこえなくてはいけないと、和泉蠟庵が山菜とりの使用人から聞いていた。顔無し峠。喪吉が落石にあって、川に転落した場所だ。

「どうしたの？」

「私は、喪吉じゃない。蠟庵先生といっしょに旅をしている、耳彦って男なんだ」

やゑの顔は、暗くて、あまり見えなかった。

「旅はもう終わりにすればいいじゃない。そうしましょうよ」

返事をしない私の手をひいて、やゑはあるき出す。家の中はあたたかく、なつかしいにおいがした。

顔無し峠で喪吉が川に落ちるところを見ていた人物がいる。喪吉の幼なじみの男だ。一年前のその日、喪吉と彼は、顔無し峠を越えたところにある集落まで出かけることになっていた。お祭りを見るためだ。朝方はよく晴れていたので、二人は軽装で家を出た。しかし顔無し峠に入ったあたりから雲行きがあやしくなり、ついに雨粒が落ちてきた。地蔵のある岩場の陰で雨宿りをしながら二人は話し合った。家のある集落よりも、隣の集落のほうが近いところにある。雨のやむ様子もないから、はしって顔無し峠をこえようじゃないか。二人ははしり出した。しかし川沿いの道を抜ける途中、雨で弱くなった岩肌の一角がくずれた。大小の岩がころがり落ちてくる。喪吉の幼なじみは運よく巻きこまれずにすんだが、喪吉はだめだった。岩にぶつかって、斜面を落下し、流れの速くなった川へ飲みこまれてしまったという。

「しっかり拝んでおくといいよ。だってここは、あんたのお墓なんだから」

墓の前でぼんやりしていると、やゑが言った。鼻太郎は退屈そうに棒きれをふりまわしてあそんでいる。

「縁起でもない。私は生きてるぞ」

墓の下に埋まっているのは喪吉という男である。顔無し峠で川に転落し、一週間後に下流で発見された死体である。やゑはそれを喪吉だとおもって埋葬したが、今にしておもえば、あれはやはり別人だったと言い張る。溺死体の顔はふくらんで、元の人相がわからなくなっていた。唯一、着物の色と柄が喪吉のものといっしょだったというだけで判断させられたという。

「かなしんで損しちゃった。ほんとうは生きてたんだね。じゃあ、ここに埋めた男は、だれだったんだろう？　あ、こら！」

ならんでいる墓石を棒でたたきながら鼻太郎があるいている。それを見て、やゑは叱った。私は喪吉の墓の前で、声には出さずに話しかける。おい、おまえ。やっかいなことになったぞ。おまえの妻は、私のことを、おまえだとおもいこんでいるんだ。自分が喪吉でないことをしっているから、私はやゑのように、埋葬された男が別人だったとはかんがえられない。死体は正真正銘の喪吉だったのにちがいない。私とおなじ姿、おなじ性格の男が、女と夫婦になり、子どもまでもうけている。喪吉の人生が、私自身の、ありえたかもしれないもうひとつの人生のようにおもえてくる。博打で借金して和泉蠟庵の旅の手伝いばかりしているこの私が、ここでは家庭をきずいてまともな暮らしをしていたのだ。

「私といったら、本当に、みっともない人間なのだ。喪吉のことではなく、今ここにいるこの私は、だれにも認められたことがないまま、これまで生きてきた、どうしようもない人間の屑《くず》なんだ」

墓地をあとにすると、私たちはほんとうの家族のように、鼻太郎をはさんで三人ならんであるいた。

「いつも酒に逃げてばかりいる。酔うと、なにもかもどうでもよくなって、不安な気持ちがなくなるんだ」

「そうだね。あんたは、そういう人だったね。でも、あんたがいい人だってこと、私はしってるんだ。あんたは、やさしいし、にくめない男さ。ただ、いろんなことが、人よりもうまくできないってだけなんだよ。でも、そんなこと、どうだっていいんだ。ずっといっしょにいてくれるんなら、どうだっていいんだよ」

やゑが旅籠の女中としてはたらいているあいだ、私と鼻太郎は、和泉蠟庵の宿泊している部屋であそばせてもらった。足をつかんでふりまわすと、鼻太郎は息ができなくなるほどわらいころげた。「父ちゃん！」「なんだ？」「つぎは肩車をしてよ」「おう、わかった」。私と鼻太郎の様子をながめて、和泉蠟庵は目を細める。鼻太郎が大声でわらうため、ほかの客から苦情がきたのか、女中の服装をしたやゑがやってきて、私と鼻太郎の二人を叱りつけた。

はしゃぎ疲れて鼻太郎が眠ると、和泉蠟庵が言った。

「明日の朝、私は出発するよ。きみはどうする？」

子どもの寝顔を見て、私はすぐに返事ができなかった。和泉蠟庵は、お茶を飲みながら庭先の緑をながめていた。木々の葉がお日様をうけてあざやかだった。鳥のさえずりも聞こえてくる。私がだまっているから、和泉蠟庵も無言でお茶を飲んでいた。

四

日が暮れて、やゑと鼻太郎と私の三人は、家にもどって夕飯をとった。やゑが釜で炊いた飯は、私好みの固さである。漬け物に醬油《しょうゆ》をかけて飯の上にのせるといくらでも口に入っていく。私の様子を見て、やゑが文句をたれる。

「ゆっくり食べなさいって、いつも言ってるでしょ」

「ああ、すまん。そうだったな」

あやまってはみたものの、やゑがいつもそう言っていた相手は喪吉だ。私ではない。しかし訂正するのも面倒だったし、なによりもまず、以前からそう言われていたような気がするようになった。私が喪吉であるというやゑのおもいこみをうけ入れようとしているのが自分でもわかる。このまま喪吉として生きていくこともできるだろう。やゑと夫婦になり、鼻太郎を育てて暮らすこともできるだろう。あるいはそれが一番のしあわせかもしれない。「旅はもう終わりにすればいいじゃない」という、やゑの言葉が頭をよぎる。一晩たつと、その提案が魅力的におもえてくる。

この先、旅をつづけて、なんの意味があるというのだろう？　温泉地に出かけて、町にもどり、賃金をもらい、酒を飲む。金が尽きて、また和泉蠟庵の旅のお供をする。そのくりかえしだ。それなら、もう、ここらへんで立ち止まったほうがいい。旅をやめて、女や子どもといっしょに暮らしていくほうがずっといい。

食事のあと、行灯《あんどん》の明かりでやゑが裁縫をはじめた。私のほつれた着物を、針と糸で縫っていく。鼻太郎が退屈そうな様子でやゑにちょっかいをだして怒られている。その一部始終を、ねころがってながめていると、声をかけられた。

「喪吉さん」

「なんだ？」

自分は喪吉ではないとわかっているのに、つい返事をしてしまう。

「なにか、かんがえごとをしてるね」

「いいや、気のせいだ。私はずっとぼんやりしてる。生まれたときからずっとだ」

「それなら、よかった」

「私がぼんやりしていないときなんて、かつて、あっただろうか」

「そういえば、なかったね。喪吉さんはいつだって、眠そうな目をしているか、二日酔いでくるしんでいるかの、どっちかだったもの」

やゑがおかしそうに、くすくすとわらった。行灯の弱々しい明かりのせいか、さびしそうな様子だった。

和泉蠟庵は、明日の朝、出発する。旅の再開に同行するか否かを、私は決めかねていた。そういったことの全部を、やゑにはうちあけていない。私が行くと言えば、やゑと鼻太郎は、また二人っきりになってしまう。ずいぶん、さみしいだろう。せっかく、もとにもどったとおもったのに、また、欠けてしまうのだから。昨日、はじめて会ったにすぎない二人のことを、私は、大事におもいかけている。自分の体の一部のように感じかけている。体がつながっていて、おなじ血がかけめぐり、だれかが痛みを感じたら、私のところまで痛みがつたわってくるような、真剣なものがこみあげてくる。

布団を敷いて三人で横になった。行灯を消すと家の中が真っ暗になる。やゑが子守歌を歌っているうちに、鼻太郎の寝息が聞こえてきた。私とやゑは、暗い天井を見ながら、すこしだけ話をする。

「父ちゃんはどこへ行ったのかって、ずっとこの子は、泣いてたんだよ」

布団の中で私の手をにぎりながら、やゑが言った。

「だから私、この子に、言い聞かせてたんだ。父ちゃんは、しばらくのあいだ、旅に出かけてるんだよって。そのうち、ひょっこりもどってくるから、なんにも心配する必要はないんだよって」

「そしたら、ほんとうにもどってきたというわけか」

「うん、そうさ」

しばらくすると、にぎりしめていたやゑの手から力がぬけていく。どうやら眠ったらしい。私はすこしのあいだ暗闇を見ていたが、どうにも眠れるような気がしなくて、そっと布団を出る。物音をたてないよう気をつけながら、行灯を家の外に運ぶ。庭先に置いて、家にもどると、今度は大工道具の木箱をかかえて持っていく。

空一面に星が広がっていた。夜の風はひんやりとして気持ちがよい。小さな家と、こぢんまりとした庭を、雑木林がかこんでいる。草木のにおいが風にまじっており、どこかなつかしい気持ちになる。

行灯に明かりを灯して、木箱から金槌と釘をとり出した。家の入り口に割った薪《たきぎ》がころがっている。そこからちょうどいい大きさのものをえらんで拾ってきた。

寝間着の袖をめくりあげて、よし、と私は胸の内でつぶやく。左手で釘をつまみ、薪の平らな面にたてて、その頭を金槌で打ちはじめる。

こん。こん。こん。

さっそく失敗した。たたいた拍子に釘の先端が薪の表面をすべってしまい、一箇所にとどまってない。なかなか刺さってくれず、ようやく穴をあけてもぐりこんだかとおもうと、斜めに傾いている。たたいているうちに直立するのかとおもったら、もちろんそうはならず、斜めのまま薪に吸いこまれていき、最後にはぐにゃりと曲がってしまった。

かつてほんの数日間だけ大工だったことがある。そのときも、打った釘がこうなってしまい、ほかの大工にわらわれ、馬鹿にされた。私がこんなふうに釘を無駄にするから、何本あってもたりないと、親方が私を叱った。家を一軒、完成させるために、家に入りきらないほどの釘をあつめてこなくちゃいけないと、同僚たちが冗談を言った。そのときの嫌な気持ちがおもい出されて、全身に汗がふき出てくる。

二本目の釘をつまんで、薪の表面に押しあて、金槌をふりおろす。今度は、もうすこしだけ、強めにたたいてみる。

こん。こん。こん。

また、だめだった。いつのまにか釘が斜めに刺さってしまう。ため息をついて釘を打つと、狙いがはずれてしまった。釘をささえていた左手の親指に金槌を振り下ろしてしまう。頭の中に火花が散ったような気がした。骨はだいじょうぶだ。血も出てはいない。しかしおそろしい痛みだ。悲鳴こそあげなかったものの、しばらく息ができなかった。うめいていると、涙がこみあげてきた。みじめさばかりふくれあがってくる。金槌をほうり出し、地面に足を投げ出した。指をさすりながら星を見上げても、涙でにじんで、よく見えなかった。

「くそっ！　やめだ！　やめだ！」

風が吹いて、木々がざわめく。頭がすこしだけ冷えると、できないことが、だんだんくやしくなってくる。木箱から、三本目の釘をつまんで、薪の表面にたてる。痛めた指が疼《うず》いて、釘をつまんでいるのも一苦労だ。

こん。こん。こん。

喪吉にもやれたことだ。体も、かんがえ方も、全部がおなじなら、私にもやれるはずだ。私と喪吉のちがいは、やゑと鼻太郎が、いるか、いないかというだけなのだ。喪吉には、やしなわなくてはならない家族がいた。だから、釘を打てるようになった。大工仕事をやめずにつづけられた。最初は喪吉もできなかったという。馬鹿にされたという。でも、どれだけわらいものになろうと、喪吉はこれをつづけたのだ。

三本目の釘も失敗した。しかし、それまでよりも、すこしだけ上手にできた。四本目の釘をとり出す。そのとき、声をかけられた。

「よかった、そこにいたんだね」

やゑが家の戸口にたっている。

「心配したよ。あんたがもどってきたこと、夢だったんじゃないかって……」

「眠れないから、釘打ちの練習をしていたんだ」

やゑは行灯のそばにやってきて、私の手元を見る。ぼんやりとした明かりに照らされて、やゑの顔はきれいだった。彼女は私の指が赤く腫《は》れているのに気づく。

「あんた、それ……」

「さっき、失敗してしまった。まるで駄目だった。ちっともうまくいかない。あんまり痛くて、なにもかも、いやになっちまった」

「あのときといっしょだね。あのときも、こんなふうに、親指を腫らしてた。夜中にこっそりと、練習していた」

どうやら喪吉の話をしているらしい。私はうなずく。

「ああ、そうだな。あのときとおなじだ。釘の打ち方を、わすれてしまったから、今のうちに練習しようとおもってね。そうしておかないと、これから、やっていけないだろ」

そう言いながら、私は、自分がすでにどうするべきかを決断していることに気づく。

釘を薪にたてて、慎重に金槌でたたく。

こん。こん。こん。

まっすぐに刺され。念じながら釘を打つ。

「大工仕事にもどるとき、また、馬鹿にされてしまう。つかいものにならないとおもわれて、もう来るなって言われたら、やゑと鼻太郎が腹をすかせてしまうだろ。それはいけない。だから、釘くらい、まともに打てるようになっておかないと」

親指がじんじんと疼いている。

行灯の明かりをうけて、地面に私とやゑの影ができている。

親指の痛みとは無関係に、無性に泣きたくなってくる。

「なんにも心配することはない。やゑも、鼻太郎も、もう泣かなくていい。かなしくなることはない。おまえが女中をやめたって飯にもこまらない。腹いっぱい食わせてやれるほど金はもらえないかもしれないが、三人くらいならきっとだいじょうぶだ」

こん。こん。こん。

ついに釘の先端が薪に刺さる。ななめにかしいでいない。直立したままだ。横からの力をうけても、ゆらぐ様子はない。あとは力をこめて打てばいい。金槌を釘にむかってふりおろすだけでいい。

そのとき、金槌を持っているほうの手を、やゑがにぎりしめた。ひんやりとした指の感触がある。無言で私の手から金槌をとり上げた。

「ほんとうはね、最初から、わかってたんだ」

鼻をすすりながら、やゑが言った。

「でも、信じていたんだ。あの人が、いつか、もどってくるんじゃないかって。全部、なにかの間違いだったんじゃないかって。あの子に言い聞かせていたとおり、あの人はすこしのあいだ、旅に出ているだけなんじゃないかって。だけど、そうならないことは、わかってたんだよ」

薪の平らな面に、途中まで刺さった釘を、私は見下ろす。

「喪吉はすげえなあ。がんばったんだなあ」

やゑが、ぼろぼろと涙をこぼしはじめる。

「うん。喪吉さんは、がんばったんだ。私と、あの子のために」

立ち上がった私の胸にやゑが顔をうずめてきた。彼女の頭が私の鼻先にくる。嗚咽をもらすたびに細い肩がうごいた。

「すまないね。しあわせだった。でも、もうどこにもいやしないんだ。もう旅からもどってこないんだよ。あんたが、あの人じゃないってことは、わかっていたんだ」

翌朝、私は旅の荷物を背負って、和泉蠟庵の泊まっている旅籠へむかった。やゑと鼻太郎も私を見送るためについてきた。空は青色で、雲は見あたらない。木々が育たないという顔無し峠も、輪郭をはっきりとさせている。旅の再開にちょうどいいあたたかさだ。

旅の支度をととのえた和泉蠟庵が、旅籠の玄関先にすわっていた。私が来るのを待っていたのかもしれない。そのくせ、私を見ると、つまらなそうな顔をする。

「なんだ、来たのか。その格好から察すると、どうやら私の旅に同行するつもりらしいね」

「蠟庵先生を一人きりであるかせるなんて、子どもをおつかいに出すよりも危険なことです」

「ありがたいけど、きみが同行するとなったら、金を持ち逃げされるんじゃないかという心配で、夜も眠れなくなりそうだ」

私と和泉蠟庵のやりとりを、やゑと鼻太郎と旅籠の主人がおかしそうに見ていた。やゑが進み出て、和泉蠟庵に頭を下げる。

「この人のこと、よろしくおねがいします」

鼻太郎も口を開いた。

「父ちゃんのこと、おねがいします！」

私はこそばゆい気持ちになる。やゑの夫でもなく、鼻太郎の父親でもないのに、ほんとうの家族に見送られている気分だ。

いよいよ出発することになったとき、私はすこし離れた場所にやゑを呼び出した。和泉蠟庵と旅籠の主人に鼻太郎をまかせて、建物の陰で私は彼女と二人きりになる。木漏れ日がやゑの白い額や頰に落ちていた。ふたつの瞳には私の姿がうつりこんでいる。

「すまない。私は、あの人と旅をするのが好きなんだ。普通にしていたら、見られないものが、たくさん見られる。こわいことにもあうけど、温泉はいい。湖の底に建てられた屋敷を見たことがある。猿たちに占領された城も見た。歌いながら火あぶりにされてる罪人も見た。肩代わりしてくれた借金も、まだあの人に返済し終わってない」

やゑは目を細めて、うなずいた。

町のはずれまで、やゑと鼻太郎が見送りについてきた。顔無し峠へ続く道を、私と和泉蠟庵はあるきはじめる。

昼過ぎから雲行きがあやしくなり、ついに雨がふりはじめた。地蔵のある岩場の陰で、雨宿りをしながら足を休ませた。雨のやむ気配はなく、私たちはぬれながら先へ進むことにする。

川沿いの道を進んでいるとき、つめたい風が吹いて、首筋をぞくりとさせた。からからと、斜面の上から小石のころがり落ちてくる音を聞いた。雨でゆるくなった土のせいで、今にも落石がおこるのではないかとおもえた。

喪吉が死んだところだ。なぜだか、そうわかった。

しかし、落石にあって川に転落することもなく、私たちはそこを通りすぎ、顔無し峠をぬけた。

地獄

一

街道が整備され、各地を行き来するようになると、地域によって様々な特産品があるものだとわかってくる。その地域でしか獲れない魚、その地域でしかできない野菜を口にするのも旅の醍醐味《だいごみ》だ。人々は物見遊山《ものみゆさん》に出かけて、はじめて見る郷土料理に、おっかなびっくり箸《はし》をつける。以前、五人ほどで旅をしている者たちが、蟬《せみ》のてんぷらを前にして、食するのをためらっているという光景に出会った。おたがいを肘《ひじ》でつつきあって、牽制しあっているのだ。結局、全員が一斉に口に入れて、うまいとも、まずいとも言わずに、お茶を飲んで喉《のど》の奥に流しこんでいた。ほほえましい光景である。

私の場合、意外な見た目の料理が出されても、できるだけ無表情を装って箸をつけるようにしている。見た目で敬遠して食べないというのは言語道断である。どんな料理でも、勇気を出して、えいやっと口に入れなくてはならない。そうでなければ、料理をつくった人に対して失礼にあたる。出された料理は、感謝して食べること。友人である和泉蠟庵《いずみろうあん》の本には、かならずその一文がのっている。

しかし、ある地方でのことだったが、猛烈な臭気を発する魚の鍋料理を出されたことがある。私と和泉蠟庵は、鍋からたちのぼる湯気を吸いこんだだけでむせてしまった。湯気が目に入ったならば、激痛とかゆみにおそわれて、涙が濁流のごとく頰《ほお》を落ちた。私たちは口元を着物の袖《そで》でおさえ、視線を交わし、これを口に入れるのは生命の危険であるという無言の会話をした。

「おなかがすいてると言っていたね。好きなだけ食べなさい」

和泉蠟庵は、息を止めて鍋を私の前に押し出した。

「自分で旅本に書いたことをわすれてませんか？」

「なんのことだ？」

「出された料理は絶対に食べること。いつもそう本に書いてるでしょう！」

「場合による。耳彦《みみひこ》、これはきっと、なにかの間違いだ。これは料理というよりも、いやがらせだ」

「料理をつくった人に失礼です！」

「この鍋、見てごらん。地獄そのものだ」

鍋の臭気を吸いこんでしまって、おもわず私は、幻覚を見てしまった。鍋の中で煮こまれた魚の、ほどけた身が、地獄に堕ちてもがきくるしんでいる者たちに見えたのだ。

結局、私たちは、蟬のてんぷらを前にためらっていた旅人たちのように、おたがいを牽制したあと、同時にその料理を口に運んでみた。臭気のすさまじさには辟易《へきえき》したが、それはなかなか癖になる味だった。

食べられるものがあるだけいい。各地をあるいてまわっていると、すれちがう者が全員、やせ細っているという村に出会う。体は骨と皮だけになり、目だけが飛び出して異様な形相である。日照りの不運に見舞われ、食べるものがなくなっていたのであろう。子どもたちは飢えにたえるため、木の皮を嚙んでいた。私たちがおそわれたのは、そんな村を通りすぎた直後のことだった。

和泉蠟庵はとてつもない方向音痴であり、一本道で迷子になってしらない場所に出てしまうという、絶望的に旅にはむかない人である。私は彼の付き人として、荷物を持ったり、会話にうなずいたり、それが面倒なときは聞き流したりという役目を担っている。その日、宿場町を目指してあるいていると、山裾の道で、足をくじいて座りこんでいる女に出会った。目の細い女だった。和泉蠟庵は、女の腫《は》れ上がった足首を見て、持参していた塗り薬をわけてやった。

「あら、温泉をさがしているのですか?」

女が言った。和泉蠟庵が旅本の作者であることを説明し、本の執筆のために温泉をさがしているのだと教えたのだ。旅の指南書である旅本が、世の中には何種類も売りに出されているが、人々に好評なのは、各地の温泉についてくわしく書いたものである。和泉蠟庵は版元に依頼され、まだ、どの旅本にも書かれていない温泉の噂をあつめては、実際にあるのかどうかを確かめるためその場所まで行ってみる、というのをくりかえしていた。今回もその旅の最中である。

「それなら、いい温泉をしっています」

彼女の話によれば、その温泉につかると、肌はなめらかになり、疲労は快復し、ぐっすり眠れるようになるという。この先の脇道を入って、山のほうにしばらくあるいたところにあるそうだ。民家があるので、そこの人に聞けば、詳細な場所を教えてくれるだろうとのことだった。

女に感謝を述べて、私たちはその温泉をさがしてみることにした。和泉蠟庵でさえも、この地方にそのような温泉があるとは聞いたことがないらしい。もしもほんとうならば幸運である。まだ、都の人間がだれもしらない温泉を発見できるのだから。

しかし、そんなにうまい話はなかった。女の言うとおりに脇道へ入ってしばらくすると、お日様に雲がかぶさってあたりが暗くなった。雨が降りそうなうす暗さになり、風がざわざわと、あたりの草木をゆらした。

突然、草むらから熊のように巨大な影が出てきた。そいつは私たちの前に立ちはだかる。刃こぼれのある刀をにぎりしめていた。もっとも、武器などなくても、素手で私たちを殺せるような大男であったが。顔は髭《ひげ》におおわれ、表情はわからない。髪はみだれており、着物は血の染みで斑《まだら》になっていた。

私も、和泉蠟庵も、腕力には自信がない。このようなときどうするかは、事前に二人で決めていた。

「金品は置いていきます」

「どうか、命だけは……」

荷物をその場におろして、私たちは命乞いをはじめる。刃物を持った大男は、前髪の隙間から私たちをじっとにらみつけたままうごかない。私は地面に膝《ひざ》をついて、顔の前に手をあわせる。あまりのおそろしさに体がふるえた。そのとき、横の草むらから別の人影が出てくる。今度は少年である。和泉蠟庵が叫んだ。

「あぶない！」

少年の手にしている木槌《きづち》のような武器が私の頭をめがけて振り下ろされた。逃げる間もなかった。がつんと衝撃をうけて、闇につつまれた。

二

指のあいだが、こそばゆかった。

「おい！　だいじょうぶか⁉　おい！」

頬をたたかれて目をあけると、うす暗い場所に私は横たわっていた。男が私の顔をのぞきこんでいる。すぐそばに女もいて、心配そうにこちらを見ていた。どちらも全身が泥でよごれている。何日も風呂に入っていない様子だった。二人とも、はじめて見る顔である。

地面はぬかるんでいた。起き上がろうとして、割れるような痛みが頭をつらぬく。その箇所を手で押さえてうめく。血が髪の毛のあいだでかたまりかけていた。

「ここはいったい、どこなんだ？」

そう言ったとき、また、指のあいだがこそばゆく感じた。よく見ると、白い米粒のようなものが指のあいだを這いずっている。蛆《うじ》だった。おどろいて手をふり、払い落とす。

そこは大きな縦穴のような場所だった。鼻がもげてしまいそうな、ひどい臭気がたちこめている。地面にはところどころ水たまりができて、腐った木の枝や落ち葉が浮かんでいた。壁は湿った泥である。頭上の高いところに縦穴の入り口があり、灰色の雲におおわれた空が、丸く切りとられていた。穴の縁に木々の茂みが見え隠れしている。どうやらここは、どこかの地面にぽっかりとあいた深い穴の底らしい。

「あんたも、あいつらに連れてこられたんだ。縄をつかって、上からおろされたんだよ。私らもおなじさ」

女が言った。

「あいつらって?」

「山賊一家のことだ」

穴の底は八畳ほどの広さである。人間の手で掘ったとはかんがえられない深さだ。もともとなにかの拍子で山の中にこのような穴があいていたのだろう。山賊たちはそれを利用して牢獄がわりにしているのではないか。上に行けるような段差や、手をひっかけられる場所をさがす。しかし壁はどこものっぺりとして、おまけに湿ってすべりやすい。しがみつけるような木の根っこも見あたらない。

「ここに連れてこられたのは、私だけだったのか? もう一人いなかったか?」

私は二人にたずねた。穴の底にいるのは、私と、若い男女の、全部で三人だけだ。和泉蠟庵の姿がない。

「ああ、そうだよ。あんたしかいなかった」

男が言った。それなら、私が気絶したあと、和泉蠟庵はどうなったのだろう? 逃げ切ったのか? あるいは、その場で斬り殺され、死体は道ばたに捨てられたのだろうか?

空が暗くなってきた。じきに日が落ちるのだろう。縦穴の底はむしあつく、悪臭がひどかった。便所がわりにしているという一角から糞尿のにおいがただよってくるのだ。大声を出して助けを呼ぼうとしたら、二人に押さえつけられた。

「やめておけ。助けはこないし、あいつらの機嫌をそこねるぞ」

若い男は余市《よいち》と名乗った。精悍《せいかん》な顔つきで、細身でありながら腕や足に筋肉がついている。

「助けをもとめるんなら、あいつらの娘が、一人で留守番してるときでないとだめだよ」

女が言った。

「あいつらの娘？」

「そうだ。あの山賊には娘がいるんだ。昼間のうち、一人で家にのこされてることが多いのさ」

若い女は、ふじと名乗った。泥にまみれた着物の中に、あざやかな赤色が見える。彼女の帯の色だ。余市が婚姻の証《あかし》として彼女にあげたものだという。この二人は夫婦になったばかりで、その記念にと旅に出かけたところ、刃物を持った熊のような男におそわれて、目隠しをされてここへ連れてこられたそうだ。

そのとき穴の上から、戸をひくような音や、草履《ぞうり》を履くような音が聞こえてきた。私たち三人は息を詰めて頭上を見る。私たちのいるところからは、穴の周辺にどのような風景が広がっているのかをうかがいしることはできなかった。山の中だろうか。

それとも平野だろうか。物音から察するかぎりでは、すぐそばに建物があるらしい。

穴の縁に人影があらわれた。女が顔をつき出して私たちを見下ろす。

「気がついたのかい、あんた」

聞きおぼえのある声だ。細い目が、にやにやと弓のように曲がっている。あれは足をくじいていた女だ。和泉蠟庵が塗り薬をわけてやった女だ。

「おまえ！　あのときの！」

女はにやにやした顔のまま、焦げ茶色の破片を上から落とした。

「それでも食べてな」

余市とふじは忌々しそうな顔で女をにらみながら、地面にころがった破片を拾いあつめる。木の皮のようにも見えるが、正体はなにかの肉を干したものらしい。

女が顔をひっこめようとしたので、あわてて呼び止めた。

「おい！　待て！　あんた、だましてたのか⁉」

むこうに温泉があるという話をして、私と和泉蠟庵を、仲間のいるところにむかわせたのではないか。

「すまないね。せっかく親切にしてくれたのにねえ」

女はすこしも反省していない様子だ。むしろ嘲笑にちかい。悔しさで私は歯を食いしばる。

「しかし、あの塗り薬はよく効くね。旅人をだますために、自分でわざと足首をひねったり、石を打ちつけたりして、赤く腫らしていたんだけど、すっかり痛みはひいてくれたよ」

「蠟庵先生は⁉ 私と一緒にいた男はどうなった！」

女は着物の袖で口元を押さえて、噴き出すようにわらった。

「今ごろ、死んでるんじゃないかね。うちの旦那の話だと、あんたを置いて、さっさと逃げていったらしいよ。あんたが死んだとおもったんだろうね。でもそのあと、崖をふみはずして、転がり落ちたってさ。あれはもう、生きてないだろうね」

そう言うと女は穴のむこうに消えた。草履であるく音と、木戸の開閉する音が聞こえる。余市とふじが、私をなぐさめようとする。しかし私は、ほっとしていた。だれも和泉蠟庵の死体を確認したわけではない。切り捨てられた、と言われるよりは、よっぽどましだ。

「さあ、こいつを食べておくんだよ。生きのびるためにね……」

ふじが私の手に、女の投げ落とした干し肉をにぎらせた。ひとくち嚙んでみる。香ばしい味が舌の上に広がった。

三

朝が近くなると、縦穴の丸い入り口が、ぼんやりと青紫になり、朝焼けの色になり、それから明るくなった。それを目にするたびに、拾った木の枝で壁に線をひいた。

縦穴の底は、泥水がたまっているだけの場所である。ぬちゃ、と足首までしずむような、湿った感触の中に横たわって一日をすごさなくてはいけなかった。大量の蛆虫が地面や壁を這いずりまわっており、眠っていると耳や口から体の中に入ってこようとする。風の流れもなく、臭気は我慢するしかない。

余市とふじは身をよせあってすわっている。ふじがすすり泣きするのを、余市が肩をだいてなぐさめていた。二人がここに連れてこられたとき、穴の底にはだれもいなかったという。しかしここには、私たち三人以外にも、大勢が閉じこめられていたような形跡があった。泥の中に手を入れてみると、腐った落ち葉の破片とからまりながら、ごっそりと髪の毛が指にひっかかった。ここに閉じこめられていた者たちの、抜け落ちた大量の髪の毛であろう。十人や二十人、あるいはそれ以上の数の人間が、かつてこの場所にいたのだ。温泉という響きに誘われて来てみれば、とんだ地獄に突き落とされてしまったものである。それにしても、ここに閉じこめられていた者たちは、どこへ行ってしまったのだろう？　歯や骨といったものは泥の下に見あたらない。あるのは抜け落ちた髪の毛だけである。ということは、ここで死んで腐りはてた者はひとまずいないということだろうか？

山賊の正体は、二人の子どもを持つ夫婦だった。熊のような男と目の細い女は夫婦であり、私を殴って気絶させた少年は彼らの息子である。少年は母親そっくりの顔だちで、たまに穴の縁からこちらをのぞきこんでは、石を私たちに投げつけてきた。頭に当たって私が痛がっているのを見ては、おかしそうに手をたたいてわらうのだ。ただの石で済んだ日はまだいい。私たちが逃げまわって、いつまでも石が命中しないでいると、少年は次第にいらだってきて、ふくれっつらで弓矢を持ってくる。穴の縁から首を突き出し、弓に矢をつがえると、ぎりぎりとひき絞って私たちを狙った。縦穴の底には身を隠すような場所もなく、はしりまわってねらいをはずすしかない。少年はまだ弓矢のあつかいに不慣れで、ほとんどの矢は縦穴の壁に刺さるだけであったが、もしも命中したらとおもうとおそろしい。必死に逃げ惑う私たちの様子を見て、少年はさらに興奮したように、追い立てるように叫ぶ。やがて父親が少年のいたずらを見つけて弓矢をとり上げてくれる。しかし一度だけ、父親のやってくるのがすこしだけおそいときがあった。少年の放った矢が、私の足首に傷をつけた。致命傷ではなかったが、傷口はいつまでたっても治らず、次第に黒ずんできて、蛆虫の巣になった。

乱暴な兄にくらべると、妹のほうはなんの害もなかった。山賊としての仕事にもまだ関わっておらず、家族が出かけたあと、一人で家にのこされているらしい。顔立ちは母親に似ておらず、父親の血をうけ継いでいるようだ。かといって熊のような姿というわけでもなく、つぶらな瞳の少女である。

山賊夫婦と長男の出かけていく様子は、縦穴の底で耳をすましているとなんとなくつたわってくる。充分に彼らが遠ざかってから、私と余市とふじは大声を出した。

「だれかいないか!?」「助けてくれ!」「おーい!」。私たちが助けを呼ぶことも、山賊たちはわかっているはずだ。それでいてほったらかしにして出かけるのは、私たちの声がだれにも届かないことを確信しているからだろう。この周辺にはだれもいないし、人が通りかかることもない。そういう場所にこの縦穴はあるというわけだ。それでも私たちは、大声を出さずにいられない。「だれか! おねがいだ!」。少女が顔を見せるのは、そんなときである。私たちの声が聞こえたのか、ひょっこりと、小さな頭が穴の縁にあらわれるのだ。

「ほんとはね、穴のそばに近づいたらいけないんだ」

少女はかわいらしい声でそう告げる。私たちはなんとか少女を言いくるめようとした。縄を持ってこさせたり、近隣の村から人を呼んでこさせたりできないかとかんがえた。しかし少女は首を横にふる。

「だめだよ。だって、おとうさんや、おかあさんに、おこられてしまう」

少女は両親を裏切ろうとはしなかった。少女の着ている着物は、遠目からでもわかるほど仕立てがいい。大事に育てられているようだ。

少女は一人で家にのこされているとき、たまに穴をのぞきこんであそんでいた。あるとき、地上に咲いている草花を抜いて、穴の縁から投げ落としてくれた。うすい青色の草花が、ゆっくりと回転しながら、悪臭のたちこめる地獄に降ってくる。私たちとちがって、泥にもまみれておらず、花びらも、葉っぱの部分も、すがすがしい色だった。草花の周囲だけ光があたり、この世の一切の不浄が洗い流されているようだった。地面に落ちると、ふじはそれをつまみあげ、胸の中に抱きしめた。体を折り曲げて、肩をふるわせながら、彼女は泣き出した。

私たちはなんのために閉じこめられているのだろう？　なんのために干し肉を与えられて生かされているのだろう？　縦穴から逃げだそうと努力しなかったわけではない。少年の放った矢が、壁や地面に何本も刺さっていたので、私たちはそれらをあつめた。余市が、矢を壁に突き立てて、それを足場にのぼっていこうとした。しかし湿った壁のぬかるみは、余市の体重を支えていることができなかった。足場がわりに刺した矢がずるりと抜けてしまうのだ。私とふじは、地面にちらばっている髪の毛をあつめて、投網のようなものをつくった。少女が穴の縁に顔を出したら、これを投げて少女をひっかけて落とすのだ。少女を人質にとり、あとは山賊一家との交渉をするというわけだ。しかしこれもうまくいかなかった。髪の毛の網を縦穴の上まで放り投げることがうまくできなかったのだ。

脱出の方法がないまま日々はすぎていく。

あるとき、山賊一家の父親が穴の縁から髭まみれの顔を突き出して言った。

「おい、一人だけ助けてやる。おまえらに三人分の干し肉をわけてやるのが惜しくなったんでな。どいつから助かりたい？　この場所をだれかに教えられないよう、目隠しをして、村のそばまで連れていってやる」

私たちは顔を見合わせた。あの男の言葉を信じていいものだろうか？　答えを出せないでいると、男がいらついたように言った。

「はやくしろ！」

余市とふじが何事かを話しあい、私に顔をよせる。

「食いぶちを減らすため、ひっ張り上げて殺すつもりかもしれない」

「どうせここにいても、助かる機会はないぞ」

「上に出たら、はしって逃げればいいんだ。そしてだれかに助けをもとめる」

「ああ、それがいい」

「だれが行く？」

少年の放った弓矢のせいで、私は片足がずっと痛かった。黒ずんだ傷口は腐った果物のようになっており肉が剝《は》がれ落ちている。これではしることができない。余市かふじにたのむほうが賢明だろう。そのとき、男が私たちの会話をさえぎった。

「もういい、俺が決める。女、おまえを助けてやる」

男はそう言うと、黒ずんだ泥まみれの縄を穴の縁から投げ落とした。一方の端は地上のどこかに結びつけられているらしい。垂直な壁に縄はたれさがった。ふじは強いまなざしを私たちにむける。私と余市は彼女にうなずき返した。

ふじは無言で体に縄を巻きつけた。出発の前にふじと余市は、しっかりとおたがいを抱きしめあって、赤く目を腫らした。男が力強い腕で縄をひっぱりはじめると、ふじの体は軽々と持ち上がっていき、やがて穴の上に消えた。

その直後、騒々しい物音と男の怒号が聞こえてくる。ふじが逃げ出したのだろう。私と余市はじっと耳をすました。しかし、果たしてどうなったのかわからない。長い時間がすぎた。ふじが助けを連れてもどってくるのを待った。

やがて、目の細い女が穴の縁から顔をのぞかせた。いつもどおりの、にやついた表情である。私は訝《いぶか》った。ふじが逃げ切れたなら、このように余裕の顔をしていられるだろうか？　女は、いつものように、食事を投げ落とす。しかしその日、はじめてのことがおこった。これまでは、ひからびた固い干し肉しか与えられなかった。しかしその日の肉は、乾燥させておらず、切りとったばかりのものを、焼いたものだった。私と余市は胸騒ぎがおこって、その日、食事に手をつけられなかった。香ばしい香りのする肉は、蛆虫のものになった。

肉の正体が気になった。かといって、何日も食べないでいるわけにはいかない。蛆虫をつまんで口に入れてみたが、それだけではひもじさがなくならない。ある日、山賊の女が、赤色の帯をしていることに気づいた。それはどうやら、余市がふじに贈った帯のようであった。見間違いだと、私はしきりに余市をなだめたのだが、その翌日に、私たちは、ふじがもうこの世にいないことをさとった。

いつものように、少年が穴の縁から首を突き出した。しばらくのあいだ、私たちに石を投げてあそんでいたのだが、命中させても私たちが無反応であることにいらだちをつのらせはじめた。少年は奇声をあげると、一度、穴のむこうにひっこんで、奇怪な覆面を持ってきたのである。それを頭にかぶって、私たちを馬鹿にするようにおどけて見せた。その覆面には頭部から長い髪の毛がたれさがっていた。黄色い皮をつなぎあわせたようなものである。それはまぎれもなく、ふじの顔だった。ふじの顔の皮膚を剝いでつなぎあわせた覆面である。少年はそれを頭からかぶって、奇声をあげながら私と余市をはやしたてた。

四

余市という男は、もういなくなった。私の前にいたのは、目を血ばしらせて、肉にくらいつく、なにか別の生き物におもえた。精悍な顔は見るかげもない。これは鬼だと言われれば納得しただろう。私たちは話をしなくなった。日中に少女しかいないとわかっていても、助けをもとめて声を出そうとはしない。背中をむけあって、おたがいのほうを見ないでいるようにつとめた。はずかしかったのだ。肉に食らいついて、生きのびていることが。

女の投げこむ肉は、おそらく猪《いのしし》かなにかであろう……。私はそうおもいこんで口に入れた。しかし、ずっと以前に食べたことのある猪とはずいぶん味がちがっている。かといって、牛でもなく、豚でもなく、鳥でもない。いや、それ以上のことをかんがえてはいけないと自分に言い聞かせる。これは猪の肉だ。腐らせないため、山賊の一家たちは、それを燻製《くんせい》にしたり、干したりという工夫をしていた。投げこまれる固い肉片の味を嚙みしめながら、すこしずつ、すこしずつ、悪臭ただよう泥の底は、本物の地獄へと近づいていった。湿ったぬかるみの穴の底で、くっちゃ、くっちゃ、と音をたてながら、蛆虫まみれの私たちは肉を咀嚼《そしやく》する。

かつて、魚の顔がどうにも人間に見える、という村に迷いこんだとき、私はその料理を口に入れられなかった。そのくせに今は、猪かなにかだとおもいこむことで肉片を噛みしめている。気づかないうちに一線を越えさせられていた。まだここに三人でいたとき、なんの肉かをしらないまま、その肉をずっと食べていたのだ。守っていたものが、すでにうしなわれていたのだとしって、どうでもよくなったのかもしれない。それにしても、余市という男は異常であった。彼もまた、投げこまれる肉の正体に、うっすらと気づいているはずなのだ。私と同様に自分をだましながら口に入れているのだろうか。いや、それだとしても、一抹の疑念が頭をよぎって食することにためらいが出るはずだ。余市もまた、もう人間であることをやめてしまったのだ。事実そう見える。一日に何度も動物じみた咆哮《ほうこう》をあげ、頭をかかえこみ、のたうちまわっている。壁を拳《こぶし》でなぐり、泥を口の中に詰めこみ、涙を流してうめいている。暗闇の中で月の光は穴の底までとどかない。そのくせ余市の目の白い部分が爛々と内側から光って見えるのだ。

ふじがいなくなってどれくらいすぎたのかわからない。山賊の女が穴の縁から首を突き出して食料を投げこみ、私たちに言った。

「味わって食べるんだよ。のこりすくないんだから」

落ち葉やら、髪の毛やら、汚水やらが混じっている泥に、乾燥した肉片は突き刺さった。食事が終わると、あとはずっと膝をかかえて、全身を這いまわる蛆虫の感触に身をゆだねる。はじめのうちは払い落とそうとしたけれど、やがて無駄だと気づいた。どれだけつぶしてもわいてくる。髪のあいだを這いずりまわる。

その晩、暗闇の奥から、ひさびさの声が聞こえてきた。

「なあ……」

余市の声だった。私はおどろいて返事をする。

「まだ、しゃべれたのか……」

彼はもう言葉などわすれてしまったのかとおもいこんでいた。

「あの女が言ったことを、俺は、かんがえていたんだ。明日くらいに、また、ここから一人が連れ出されるかもしれないって」

「なんでだ？」

「肉がもう、のこりすくないって言ってただろ。だからだよ。食うものがなくなったら、あたらしい肉が必要だ。それがつまり、俺か、あんたってわけさ」

「余市、おまえ、なに言ってんだ……」

「あんたもわかってるはずだ。俺たちが食ってるのは、ふじの肉なんだ。俺たちをここに閉じこめていたのは、食うためだったんだよ」

「おまえ、ふじだとわかって……」

暗闇の奥から、うめくような声がもれてくる。

「わかっていた。あの肉が、ふじの肉だとわかっていて、俺は食っていた……。吐きそうになるのをこらえて、腹の中に詰めこんだのだ。そうやって俺は力をつけなくちゃいけなかった。なにかを食べて、腕の力や、足の力が衰えないようにしなくちゃいけなかった。なあ、あいつら、すっかりふじの肉を食ってしまったらしい。すると今度は、俺か、あんたの番だ。そこでおねがいがある。次にひっ張り上げられるのは、俺ってことにしてくれないだろうか。俺は妻の肉を食って、力を維持していた。まだ充分にうごける。上にひっ張り上げられたら、まず、あの男の目に、隠し持っていた矢を突き立ててやるんだ。刀をうばいとって、皆殺しにしてやる……」

すすり泣きとも、獣のうなり声ともつかないものが、月光のとどかない悪臭の奥から聞こえる。

三日後、その機会はおとずれた。

私はその日、朝からまぼろしばかり見ていた。賽子《さいころ》が地面にころがっていたので、それを拾おうとするのだが、どうにも指でつまめない。拾い上げるたびに、蛆虫の塊《かたまり》に変化する。しばらくして、その賽子は、ほんとうにあるのではないとわかる。私は博打《ばくち》が好きだったから、おもわず、賽子のまぼろしを見ていたようだ。

丸く切りとられた空が、赤色を帯びはじめていた。夕刻になり、鴉《からす》の鳴き声が聞こえてくる。引き戸の開く音がして、草履の足音が近づいてくる。穴の縁から、髭におおわれた男の顔が突き出た。

「食い物をわけてやるのが惜しくなった。一人だけ助けてやる」

男は、ふじのときとおなじようなことを口にした。私と余市は、無言で目をかわす。事前に決めていたとおり、余市が立ち上がって名乗りをあげる。縄が投げ落とされ、体にそれを巻きつける。その作業を私も手伝った。妻の肉を食って維持した彼の体は、細身でありながら、がっしりとしている。力のおとろえた様子はない。縄をまきつけてしばった。余市は着物の中に、少年の放った矢を半分に折って隠し持っていた。

鳥のはばたくような音が聞こえてくる。胸の内をざわつかせるような音だ。男が余市の体をひっ張り上げはじめた。縦穴の底から、夕焼け空の下へと、彼の体が上昇していく。縦穴の壁にも無数の白い点々が張りついている。それがいっせいにうごいているから、壁そのものが、蠢《うごめ》いているようにも見えた。

ついに余市の体が穴の縁へたどりつく。西日が一瞬、余市の体を赤く染め上げて、穴の縁に影を落とす。余市の片足が地面にかかり、そのむこうに消えて姿が見えなくなる。

怒号が巻き起こった。地響きにも似た低い叫び声だ。私は縦穴の底で耳をすましていることしかできなかった。何者かのはしり去る音。木の引き戸をあけて、何人かが飛び出してくる音。女の悲鳴。子どもたちの叫び声。地上は混乱に陥っている。余市は男の目に、矢を突き立てることができたのだろうか？　縄をほどいて、逃げ出すことができたのだろうか？　刀をうばって、復讐を果たすことができたのだろうか？　涙がこみあげてきそうになるのをこらえた。矢で傷ついた足は、もうほとんどうごかなくなり、じゅくじゅくとした肉の塊になっている。これでは戦うこともできない。手助けしようにも、足をひっ張ることになるだろう。しかし、彼の復讐を見届けたかった。

蛆虫の張りついている垂直な壁に、目をこらさなければ見えないほどの、細い紐《ひも》がたれ下がっていた。それをつかんでたぐりよせる。それは泥の中であつめた髪の毛を、つないで編んだものだった。

傾いた西日では、縦穴の底までは照らしてくれない。だから、余市の体に縄を巻きつけるとき、男の目を盗んで、縄に紐を結びつけることができた。地上に余市をひっ張り上げたあと、すぐに攻撃されて、これに気づく間もなかったのだろう。

どうか、なんにもひっかからないでくれ！　髪の毛の紐をたぐっていると、穴の縁から、ばらばらとさきほどの縄が降ってきた。余市が体からはずして、地面に放置されていたものが、紐にひっぱられて落ちてきたのだ。

穴の上から、刀を打ちつけあうような音が聞こえてくる。悲鳴と叫び声にまじり、余市のあげる咆哮が穴の底までとどく。まだ生きているようだ。矢が放たれて、どこかに突き刺さるような音がある。

縦穴にぶらさがった縄をひっ張ってみる。上のほうはどこかにくくりつけられているようだ。片足はつかえないが、まだ腕の力はのこっている。縄にしがみついて、地上を目指した。ぬるついた壁に、うごくほうの足をつけて、ひっかかるところをさがす。腕に力をこめて、体をすこしずつ、持ち上げていく。ありがたいことに、縄は太くて、つかみやすい。ねじれているところに指がひっかかる。すこしずつ、悪臭の地獄が遠ざかっていった。

腕がしびれてきて、地上へあがるのを、何度もあきらめようとおもった。あるいは、下で待っていれば、全員を殺した余市が穴の縁までもどってきて、私をひっ張り上げてくれるかもしれない。彼が近隣の村に助けを呼びに行って、もどってきてくれるかもしれない。いや、だめだ。私はここで地上に這い上がらなければ、もう二度と、あの地獄を抜け出せないような気がする。山賊一家と戦ったあとの余市が無傷だとだれが言えよう。私をひっ張り上げる力などないかもしれない。彼がもし、死んでいたら、そのときはいよいよ、私も穴の底で、食べられる順番を待っているしかない。

光のほうへ。夕焼け空のほうへ。そして穴の縁に手がとどく。肘をひっかけて、上半身を地面にのせた。つづいて足を穴から出す。ついに私は地上にもどることができた。

風が頬にあたって心地よかった。夕陽がずいぶんまぶしい。そこは雑木林に開けた一画である。小さな家がすぐそばに立っており、その横に納屋《なや》がならんでいる。洗濯した着物が干されて、風にゆれていた。その影が、長く地面にのびている。

私のつかんでいた縄は、穴のそばに生えていた木に結びつけられている。穴から這い上がろうとする私の目の前に、血のついた矢がころがっていた。すこし離れたところには、大量の血溜まりが広がっている。だれが怪我を負ったのだろう？　すくなくとも死体はころがっていなかった。いつしか騒々しい物音も聞こえない。あたりはただ静かな夕刻である。

蛆虫の巣になっている片足をひきずりながら、今のうちに逃げなくてはとかんがえる。しかし余市はどうなった？　復讐は果たせたのか？　一番近いところにある、納屋のほうにむかってみた。そこに山賊たちの屍《しかばね》がころがっていることをたしかめたかった。そうであってほしかった。しかし納屋の中にあったのは、大量の着物や、旅人からうばった持ち物、そして人骨だった。女の剝製があった。着せられている着物は上品であるが、眼球のかわりに藁《わら》がつめこまれていた。削った骨を組みあわせ、黄色い皮を表面に張りつけた行灯《あんどん》や提灯《ちょうちん》がいたるところにかざられている。張ってある皮は、どうやら人間の皮膚をなめしたものらしい。納屋にころがっていた鋸《のこぎり》や金槌《かなづち》、斧《おの》にはそれぞれ、血がこびりついて黒ずんでいた。地面におびただしい血の流れた跡がある。おぞましい光景を前にふるえがとまらなかった。ころがっていた斧をつかんで持っていくことにする。

余市はどこへ行った？　ほかの山賊たちは？

もしかすると、余市は雑木林の中に逃げこんだのかもしれない。全員がいっせいに飛びかかってきたなら、一人きりで相手にすることはできないだろう。そうだとしたら、余市を追いかけて、山賊一家もまた、雑木林の奥へと行ったのだろうか。

そのとき、ふと、家の戸口に立っている少女と目が合った。

山賊の娘である。

その子は、おびえるような表情で私を見上げていた。

余市はずいぶんと雑木林の中であばれまわったらしい。熊のような男は、片目をつぶされ、足に深い傷を負い、すっかり消耗しきった様子である。妻にささえられていなければ、あるくこともできないという姿だ。それよりひどい有様なのは少年である。こちらは片腕がごっそりとなくなって、顔は血まみれである。つまずいて何度もころびながらもどってきた。それでも全体的には、山賊一家が余市をとらえたという構図である。彼らは余市の生首をぶら下げていた。耳も鼻も削がれて、拷問をうけたような跡がある。

私はそれを目にして、頭に血がのぼった。家の戸口で少女に斧をつきつけて、私は彼らにむかって叫んだ。血も涙もないとおもわれた山賊一家でも、家族の絆はあったようだ。そうでなければ、娘が私に斬り殺されようと、全員でおそいかかってきたはずだ。それとも、余市とやりあったときの消耗がはげしく、斧を持った私と戦う気力がおこらなかったのだろうか。彼らは、私の片足がつかえないことをしらなかったのだ。私も、あの余市とおなじくらいに戦えると誤解していたのかもしれない。斧を首にあてられて娘が泣きわめく姿を前にして、彼らはついに武器をおろした。

私は彼らに言った。

「命まではうばわない。だから安心しろ」

私の手から逃げようとするたびに、少女を叱りつけて言うことを聞かせた。顔中が涙と鼻水で汚れている。夫婦は私をにらみつけながらも、しぶしぶ言うことをきいた。少女の兄は、肩から大量の血を流しすぎて、ぼんやりした表情のままうごかない。私は彼らを縦穴の底へおろすことにした。男に命じ、縄をつかって妻と息子を穴の底に送らせる。男は縄にしがみついて壁をおりはじめるが、途中で力尽きて落下した。最後に私が斧をつかって縄を切断する。これでもう、彼らが縦穴を出てくることはない。

穴の底をのぞきこむと、暗がりの奥から、三人が私を見上げている。

「おい！　村はどっちにある⁉　あんたらのことは、村の人に話す！　村人たちに、あんたらの処置をきめてもらう！」

少年は血がたりなくなったのか、膝を折ってすわりこんだ。細い目の女と、片目がつぶれてしまった男が、私をにらみつけたきり、口を開こうとしない。私はあきらめて、自力で村をさがすことにした。

「おまえはどうする？　いっしょに行くか？」

少女に話しかけるが、泣いているばかりで答えようとしない。この小さな女の子は、まだ、まっとうな世界にもどれるような気がしていた。しかし、三人を穴の底におろして、気が抜けて斧をおろした瞬間、少女は私の腕の中からさっと飛び出す。

「おい！　待て！」

片足がうごかないので、追いかけて止める間もなかった。少女は、私といるよりも家族といるほうがよかったらしい。穴の縁から飛び降りる。少女の着物の裾が、夕焼け空の下、地獄へと吸いこまれていくのを見た。

次第に空が暗くなっていく。井戸から水を汲んで全身を洗い流すと、地面に広がった水たまりに、大量の蛆虫が浮いた。どれだけ体を洗っても、染みついた悪臭はとれる様子がない。家の中をさがすと、和泉蠟庵が女にわけてやった薬を見つけて、足の怪我に塗りたくる。たしかその薬は、膿《う》んでしまったところにも効く万能薬のはずだった。

顔面の皮膚をつなぎあわせてつくった覆面が、家の中に二十個以上もならんでいた。目の部分がどれも空洞で薄気味がわるい。少年がかぶってあそんでいた、ふじの顔もある。その隣に余市の生首を置いて、私は手を合わせた。

山賊の住処《すみか》を離れて、片足をひきずりながらあるいていると、人の踏み固めた道を見つけた。丸一日あるいてようやく村を発見する。事情を話して役人にしらせてもらい、私はそのまま、何日も寝こんでしまった。

穴の底から、山賊一家たちが這い上がってきて、私を追ってくるという夢を見た。悲鳴をあげながら眠りからさめると、いつのまにか私は布団に寝かされており、足に包帯を巻かれている。起き上がって額《ひたい》の汗をぬぐった。

「耳彦」

襖《ふすま》が開いて見知った顔があらわれる。和泉蠟庵だ。彼は布団のそばに正座する。涙がこみあげてきた。嗚咽《おえつ》をもらすばかりで、言葉というものが出てこない。彼は山賊におそわれたとき、なんとか逃げ切ることができていたのだ。

あとはもう、人づてに聞いた話しかしらない。

その後、私の話をたよりに、役人と村人が、山賊の住処をさがしたという。やがてその場所は見つかった。人骨や剥製、剥がされた皮膚でつくられたものを前に、そこでおこなわれていたことを彼らはしった。

地面に開いている穴をのぞくことに、ずいぶん、ためらったという。やがて、勇気のある若者が、地上にまでただよってくる悪臭に顔をしかめながら、おそるおそる穴の底をのぞきこんでみた。若者は、そして絶叫した。

私がそこを出て以来、ずいぶんな日数が経過していた。少女を人質にとったとき、この一家にも家族の情というものがあったらしいと私はおもったものだが、その情を飢えが粉々に砕いていたようだ。蛆虫まみれの、ぬかるんだ泥の中で、家族は共食いして命をつないでいたという。だれがだれを食っていたのか定かではないが、まだかろうじて生きのびていた者を穴からひっ張り上げることなく、彼らはそこに蓋をして逃げ帰ったという。

櫛を拾ってはならぬ

一

私の友人はある日、荷物持ちの男を雇って旅へ出かけた。旅をして、温泉につかり、そのことを本にするというのが友人の生業《なりわい》だったのだ。いつもならそれに私が同行するのだが、この前の旅でひどい目にあって以来、私は長屋にひきこもっている。そんな状態だから友人は別の者をやとったというわけだ。

そしてつい最近、友人は旅からもどってきて、まだふさぎこんでいる私のところにあらわれた。しかしどうも様子がおかしい。友人は浮かない顔をしていた。

「どうしたんです？」

たずねてみると、ひきつったような表情で返事をする。

「いや、なに、ちょっと旅先で、不可解なことがあってね」

「先生との旅で不可解なことの起こらないときがありましたっけね」

「そうかもしれないが……」

「なにがあったんです？」

「死んだのさ」

「だれが？」

「荷物持ちに雇った男だ……。それも、まっとうな死に方じゃなかった……」

友人はそう言うと、女のものと見間違うような長い髪の毛を指ですいた。

友人の雇った男は、色白で細身の青年だったという。旅に同行してくれる者がだれかいないかと、つきあいのある書店に相談したところ、その青年が連れてこられたのだ。青年はやる気が充分にあったという。さらに彼は、友人の書いた本を読んだことがあったらしく、話もはずんだそうだ。

「僕もいつか、先生みたいに本を書いてみたいのです」

旅の最中、荷物を抱えてあるきながら青年は言った。

「へえ、どんな本だい？」

「こわい話をあつめたような本をつくってみたいのです」

「こわい話が好きなのかい？」

「ええ、死んだお母さんが、こわい話を、よく聞かせてくださいましたもので。きっと、そのことが、いつまでも、忘れられないのです。日が暮れても眠ろうとしない僕を見かねて、こわいのがやってくるよ、と子どもの僕に聞かせてくださったのです。こわいのって？　と、僕が聞き返すと、お母さんは、幽霊や、お化けの話をしてくださるのです。暗闇をこわがらせて、僕をはやいところ寝かしつけようという魂胆だったのです。僕は、こわい話を語ってくださる、そんなお母さんのことが、とても好きだったのです。それなのに、この前、風邪をひいて死んでしまったのです。お母さんの死体は、とてもうつくしかった。そうだ、先生、百物語をしませんか？　百物語というのは、ご存知ですか？」

「しっているよ。順番に怪談を披露して、行灯《あんどん》の灯心にともった火をひとつずつ消していくというやつだね？」

「百話目を語って、ついにすべての火を吹き消したとき、幽霊が出てくるそうなんです。宿場町にたどりついて、宿を見つけたら、それをやりましょう」

「でも、ここには二人しかいないよ。ってことは、五十ずつ語らなくちゃいけない。だけども、五十も怪談をしらないんだ」

「自分で話を創ってもいいのです。旅先で知り合った人に、昔からつたわるこわい話を聞いて、それを披露するというのでもかまいません」

「百話も語っていたら、朝になってしまうじゃないか。旅に支障が出てしまう」

「一晩に百話というのはやめて、この旅のあいだに百話を語り終えるというのでいかがでしょう」

「まあいいだろう。それに行灯もなしだ。灯心を百本も用意するのは大変だからね」

交流を深めるつもりで、友人は青年の提案をのんだ。それから毎晩、おたがいのしっている怪談を交替で披露したという。旅籠《はたご》に宿泊し、ふたつの布団をならべ、幽霊やお化けの話をする。一晩に五話ほどおたがいに語り終えて、それから就寝するのである。

たしかに青年はこわい話をたくさんしっていた。友人がこれまでに聞いたことがないような、ぞっとする話が眠る前に語られた。中には青年が創作したものもあっただろう。お母さんが子どものころに話してくれたものもあったにちがいない。一方で友人はそれほど多くの怪談をしらなかった。そのかわり、旅籠の主人や、茶屋で顔見知りになった老人から、背筋の寒くなるような話を聞いて日記帳に書き留めておいた。夜になり、自分の語る順番になったら、それを披露して青年をこわがらせるというわけだ。

やがて二人は、旅の目的地である温泉地にたどりついた。そこは風光明媚な場所で、気候もよかった。山の斜面のところどころから湯気がたちのぼり、空にむかってのびている。あたりには硫黄のにおいがたちこめ、温泉の湯で温めたという鶏の卵がざるにのせられて売られていた。

老婆に出会ったのは温泉宿でのことだった。老婆は腰痛をやわらげるために湯治へ来ていたらしい。温泉宿の廊下ですれちがううちに親しくなって話をするようになったのだ。

「あのお婆さん、大切な櫛《くし》を、この温泉宿でなくしてしまったそうですよ」

露天風呂に肩までつかっているとき、青年がそんな話をした。夕方ごろに友人が散歩へ出かけたとき、青年はやることがなくて、老婆とお茶を飲みながら話しこんだという。そのときに櫛の話を聞いたそうだ。

「母親もつかっていた、大切な櫛だったそうです。きっと、宿のどこかに落としたんだろうって」

友人は女みたいに髪が長いため、湯の表面に髪が広がった。それが人の迷惑になりそうなときは、結って小さくまとめてから温泉につかるのだが、そのときは青年と二人だったので気にしなかったという。

「きみ、もしも落ちている櫛を見つけたときは、すぐに拾ってはいけないよ」

友人は青年に言った。

「どうしてです？」

「櫛という名前は〝奇《く》し〟から来ている。頭に飾るものだから、持ち主の魂が宿るとかんがえられていたのだ。櫛は古来、呪術的な道具としてつかわれてきたんだよ。それに、櫛は〝苦死〟、苦しみと死の組み合わせだ。落ちている櫛を拾うというのは、苦しみと死を拾うということだと言われている。昔の人は、櫛の貸し借りもしなかったそうだ」

「でも、じゃあ、櫛を落としたとき、どうするんです？　拾っちゃいけないのなら、そこら中、櫛だらけですよ」

「しかたなく櫛を拾わなくてはいけないときはね、一度、足で踏んでから拾うようにしていたそうだ」

「へえ……。櫛は〝苦死〟……」

青年はそうつぶやいて、湯の表面でただよう雇い主の長髪を見つめたという。

二

友人たちはその旅で、いくつかの温泉宿を渡りあるくことにしていた。温泉地にならんでいる宿の良し悪しを確認し、そのことを本に載せるつもりだったのである。どの宿に泊まるべきか悩んでいる者たちにとって、そのような記事はありがたい。

ひとつめの宿に二泊、ふたつめの宿に二泊して、みっつめの宿に泊まろうとしたとき、その入り口で青年が次のようなことを言い出した。

「先生、今晩から別の部屋で眠らせてください」

「しかし、それでは二部屋分の宿代をはらわなくちゃいけない」

「僕の賃金からひいてもいいです。僕はもう、先生のそばにいるのが、我慢ならない」

「我慢ならない？　どうしてだ？」

友人にはその理由がおもいあたらない。しかしすこし前から青年の様子がおかしいことには気づいていた。寝起きから青年の機嫌がわるく、食事中の会話もすくなくなった。おなじ部屋にいても離れた場所にすわり、決して目をあわせないようにする。声をかけると、眉間に皺《しわ》をよせてにらんできて、時折、舌打ちまでする。就寝前の百物語もなくなった。友人は律儀にこわい話の収集をつづけていたけれど、それを披露する前に背中をむけて青年は寝入ってしまう。

「原因は、あんたの抜け毛だ！」

予想外の返答だった。

「僕は、僕は、あんたの抜け毛になやまされつづけた。それでもう、いっしょにはいられなくなったんだ！」

長髪を押さえて、友人は困惑したという。青年が怒るほどに抜け毛がひどいとはおもいもよらなかった。いや、そもそも抜け毛が我慢ならないとは、どういうことだろう？

「わからないのか!?　あんたの抜け毛が、こっちに飛んできてうっとうしいのさ！」

友人は毛髪による被害を聞かされた。たとえば青年が部屋にもどってきたとき、足の裏になにかが張りついたとおもったら、黒色の長い髪の毛だったという。青年の髪はそんなに長くはないから、雇い主の長髪であることがすぐにわかった。最初のうちは気にならなかったが、次第にそれが気に障ってくる。長髪の抜け毛は、風に吹かれて飛んでくるらしく、いつのまにか青年が眠っている布団にもびっしりと張りついていたという。温泉に入れば、水面をただよってきて青年の肌に絡みついてくる。かけ湯をするときも、髪の毛をよけて桶に湯を汲んだはずなのに、ざぶりと浴びたあと、なぜか耳や肩に長い髪の毛がひっかかり、だらんとたれさがる。そのようなことがつづいて、もういい加減に我慢がならなくなったらしい。

「しかし、そのようなことを言われたのは、はじめてだ。そんなに、抜け毛がひどかったなんて……。その毛髪は、はたしてほんとうにこれなのか？」

自分の髪をつまんで、友人は青年にたずねた。抜け毛がひどいことを認めたくなかったのだ。

「そりゃそうだ。あんたの髪の毛じゃなかったら、いったいだれの髪なんだ。ほら、こいつを見ろよ。あんたから抜けたものが、こんなふうに飛んできて僕にひっかかるんだ」

いつのまにか、青年の指には髪の毛が一本、絡んでいた。腹立たしそうにそれをほどく。細く、すらりと長い髪の毛は、男のものというよりも、女の髪の毛のようだった。しかし、女の髪の毛であるはずがない。二人の男しかいない部屋の中で、女の髪の毛が落ちるだろうか。男湯にいるとき、女の髪の毛がただよってくるだろうか。

「そ、そうか……。わかったよ、しようがない」

青年は唇《くちびる》を噛んでにらみつけてくる。このままいっしょにいては、いつか刃物で刺されるかもしれない。友人は承諾して、三軒目の宿では、別々の部屋に泊まることになった。

友人は一人の部屋に案内され、畳に荷物をおろし、足をのばした。夕飯をとり、温泉に入り、知り合った老人からついでにこわい話を聞き出した。いつからか友人は、各地につたわる不思議な話や伝承を記録するのがたのしくなっていた。おなじような物語でも、場所によっては微妙にちがっていたりする。これを旅本の中に記事として紹介できないものかとかんがえた。

一晩眠って、朝になり、温泉宿の居心地を審査しながら散歩した。硫黄のにおいのまじった風が温泉地に吹いている。お湯の煙が山裾からたちのぼって空に消えていた。ちょうど緑のきれいな季節だった。宿にもどって部屋に用意された朝食を食べていると、おもむろに襖《ふすま》が開いて青年があらわれた。

「先生！」

青年は叫んだ。もしや自分の抜け毛が、遠く離れた彼の部屋にまで吹き流され、怒りが頂点に達し、ついに自分を殺しにきたのではないか。一瞬だけそのような想像をするが、青年の様子がおかしい。顔が真っ青なのだ。

「あの髪の毛は……、あの髪の毛は、いったい……」

青年は畳に膝をついた。

「あれは、先生の髪じゃなかったのかも……」

「なにかあったのか？」

「先生、僕は昨日の夜、先生の髪の毛が部屋に入ってこないように、障子《しょうじ》や襖の隙間をしっかりと目張りして眠ったんです」

「なんという心配性なやつだ……」

「念には念を入れたのです。宿の主人に障子紙をもらって、部屋の内側からご飯粒で貼りつけておいたのです」

青年はなにかにおびえるような顔で、昨晩からこれまでのことを語った。宿で一人きりの部屋を得た彼は、障子や襖の隙間をふさぎ終えると、これでもう雇い主の抜け毛をうっとうしく感じることもないだろうと、すっきりした気分で布団に入ったのだという。

「だけど、朝、目がさめてみると……」

不快な感触がして、青年は眠りから覚めた。目をこすろうとして、布団から腕をひき抜いてみると、指に長い髪の毛が絡みついていた。悲鳴をあげて布団をはがしてみると、布団の中に長い髪の毛が散らばっていたという。

「僕は先生をうたがいました。夜中に先生が部屋にしのびこんで、髪の毛を僕のまわりにふりまいていったんじゃないかと。でも、目張りが、はがれていた様子はないのです。だれかが部屋に入ったのだとすれば、あれは、はがれていたはずです。部屋の内側に貼っていたから、部屋を出たあとに貼り直すこともできなかったはずでしょう。だれも部屋を出入りしていないってことは、あの髪の毛は先生のものではないのです」

「よかった！　これが抜けていたわけじゃないんだな！」

友人は、自分の無実が証明されたことよりも、髪の毛が無事であることをしってよろこんだという。

「将来、禿達磨《はげだるま》になってしまうかと心配したんだ！」

「そんなことをおっしゃってる場合ですか！　あの髪の毛が先生のものではないとしたら、どこからわいてくるというのです！」

布団で目が覚めたあとも彼は髪の毛になやまされたという。着替えようとすれば、いつのまにか服に長い髪の毛が張りついている。よく見ると畳の隙間から雑草でも生えるように髪の毛がのびている。ひき抜いて部屋の外に放り出しても無駄である。部屋中の髪の毛をつまんでかきあつめて、すっかり捨てたはずなのに、目をこらすといつのまにか何本か落ちている。しっかり掃除をしたはずなのに、どこからかわいてくる。

「今朝、朝食を口に入れてるときも、目を離したすきに、箸《はし》に髪の毛がひっかかっていたのです。ふりほどいて捨てても、それはもどってくるのです。まるで女の部屋にいるようです。部屋に女がいて、僕のそばから離れようとしないみたいで……。そういえば、先生の部屋は、髪の毛がわいてくることはありませんか？」

「まったくないね。しかし、まるで、きみの得意な怪談話みたいじゃないか」

「わらいごとじゃありません！　ぼ、僕は、こわい話が好きなのであって、自分がこわい目にあうのは、まっぴらなんです！」

青年は怒ったように言った。

「僕だけが、どうやら狙われているようです。どこからともなく髪の毛が降ってきて、絡みついてくるのです」

「なにか、心あたりはないのか？　いつから、こうなるようになったんだ？」

友人がたずねると、青年は、はっとした顔をする。

「いや、まさか、でも……」

「おもいあたることがあるんだね？」

友人は彼をなだめて、とにかく温泉に入って仲直りしようと提案した。

「いえ……」

「わかりました。では、支度をしてきます」

青年は立ち上がると、部屋を出て行った。やれやれとおもいながら、さきほどまで彼のすわっていたあたりに目をやる。畳の上に髪の毛が落ちていた。おそるおそるつまんで子細にながめてみる。自分の髪の毛にそっくりだったが、決定的に異なる特徴があった。友人の髪の毛には艶《つや》があり、女性もふりかえるほどの立派さである。しかし畳の上に落ちていたものは、まるで死人の髪の毛のようにくすんでいたという。

温泉でも青年は毛髪になやまされ、指に絡みついたものを気味悪そうにはがして捨てていた。夕方になり、湯煙のただよっている温泉地は、黄色い西日につつまれた。

ふさぎこんでいる青年を連れて散歩に出かけると、名物の団子屋でひまつぶしをした。野良犬とあそんでいる子どもをながめていると、青年もすこしは気分がよくなってきたらしく、ひさしぶりにこわい話を披露しはじめた。その最中のことだ。

「あっ……」

青年は顔を押さえる。

「どうした？」

友人は青年の肩にふれて心配する。

「いえ、目に、ほこりが入ったようで……」

青年は目をこすりはじめる。そばであそんでいた子どもたちが、棒を投げると、野良犬がけたたましく吠えながらはしり出す。黄色い西日の反対側に、黒色の長い影がひきのばされていた。

「きみ、それは……」

友人は、青年の目のふちから出ている黒い糸に気づいた。

「うごくなよ」

糸をつまんで、ひっ張ると、青年の眼球と眼窩《がんか》との隙間から細長い髪の毛がするするとのびた。これほどに長いものがよく入っていたなと感心する。目のふちからのびた黒髪は、夕焼けに照らされ、影を青年の頰にひいた。完全にひき抜いた髪の毛は、わずかに濡れており、まっすぐにたれさがった。青年はおびえた顔でそれを見つめると、立ち上がり、店の横まで行って食べたものを吐き出したという。

三

「古い櫛を拾ったのです」

青年がそう語ったのは、宿にもどって友人の部屋で休んでいるときだった。宿の女中が夕飯の支度をしてくれていたが、なかなか食べる気がおきなかった。暗くなった外から虫の声が聞こえてくる。

「櫛？」

「そうです。この前の宿で、お婆さんがなくしたとさわいでいたじゃないですか」

「ああ、そんな話をしてたっけ」

「僕、廊下をあるいてるとき、櫛が落ちてるのを見つけたんです。半円形の櫛で、古そうなものだったけれど、装飾がきれいでした」

「でもきみ、そんなこと、一言も言ってなかったじゃないか」

「拾ってみると、櫛の歯に、髪の毛が絡みついていたのです」

「踏まずに拾ったんだね？」

櫛は〝苦死〟。落ちている櫛を拾うというのは、苦しみと死を拾うということだ。昔の人は、櫛を拾うとき、一度、足で踏んでから拾うようにしていたという。

「櫛の装飾が立派だったから、僕、おもわずそれを、盗んでしまったんです。だから今まで、だまっていたんです」

友人はあきれて言葉が出なかった。

「先生、きっとあの髪の毛は、僕が盗んだ櫛と無関係ではありません。僕を責めているのでしょうか」

風が出てきたらしく、縁側に面した障子が小刻みにふるえて音をたてた。

友人はどうするべきかをかんがえる。明日になったら、老婆が泊まっていた宿にもどって事情を話そう。櫛を返さなくてはいけない。まだそこに泊まっているといいのだが……。

ゆらりと青年が立ち上がり、障子を開けて部屋を出て行った。用を足しに行ったのだろうとおもい、友人は呼び止めなかった。しかし、いくら待っても、もどってくる気配がない。自分の部屋に帰ったのだろうか。誤解は解けていたが、二人はまだ別の部屋に寝泊まりしていたのである。

かたかた、かたかた、と障子のふるえる音に耳をすませる。

やがて、廊下をだれかがはしるような騒々しい気配があった。

「お客さん、おやめください！」

女中の声が聞こえてくる。

友人は立ち上がり、声のするほうに行ってみた。

温泉宿の庭先でなにかが燃えている。だれかがそこでたき火をしていた。かきあつめた落ち葉が燃えている。赤色の炎に照らされて立っているのは青年だった。ぼんやりと、陶酔したような目である。青年は炎の中に半円形の櫛を投げこんだ。古い櫛だ。黒髪が歯に絡みついている。毛髪は炎にあぶられると、煙を吹き出しながら、ちりぢりになった。櫛の表面は黒くなり、火がなめるように這っていく。

建物への引火を危惧して、宿の主人や女中が桶に水を汲んでやってくる。しかし、青年の異様な様子に気づいてうごけなくなる。青年は炎を目の中にうつりこませて、にやにやとわらっているのだった。

「先生、僕はこわい話が好きでした。死んでしまったお母さんが、眠ろうとしない僕を見かねて、耳元で話してくださったのです。耳元に顔をくっつけていたから、息がかかって、くすぐったかったのをおぼえています。ああ、いつか僕は、こわい話をあつめて、本にすることができたらいいな。お母さんは僕を一番に愛してくださいました。枕元で、僕を安心させるように、胸をぽんぽんと手でたたいてくれるのです。お母さんの長い髪の毛がたれさがってきて、時折、僕の鼻をかすめてきました」

青年はたき火のあと、縁側に腰かけて暗闇を見つめながらそんな話をした。宿の主人に怒られて、翌朝、追い出されることになっていた。部屋から持ってきた行灯が周囲を弱々しく浮かびあがらせる。縁側のむこうは、真っ黒な布を貼りつけたような闇である。羽虫が飛んできて、二人のまわりを周回し、また闇の奥へひっこんでいく。

「先生、このお話を、どうかほかの人に語ってください」

「この話って？」

「僕にからみついてくる、髪の毛のお話です。これ、立派な怪談になりませんか？」

「ああ、たしかに、怪談そのものだ」

するると青年は、にたっと笑みをうかべて立ち上がり、自分の部屋にもどっていった。友人もまた、自分の部屋にもどり、行灯の火を消したという。櫛はすっかり消し炭になってしまい、老婆に返すことはできなくなったが、これでもう青年も安心して眠りにつくはずだ。明日から平穏になるといいのだが。友人はそのようなことをかんがえながら眠りについた。

翌朝、友人は目が覚めると、さっそく自分の旅支度をととのえた。朝食も出されないままに追い出される予定だった。青年はもう起きているだろうか？　遅刻してはかなわないとおもい、彼の部屋を訪ねてみることにする。

部屋の前まで行き、閉じている障子のむこうに声をかけてみた。

「おーい」

返事がない。何度か声をかけてみたけれど、結果はおなじである。障子を開けてみると、ふくらんだ布団が見えた。顔のあたりまで布団をかぶってまだ眠っている。

「おい、起きないか」

近づいて掛け布団をはいでみる。友人はそれなりに冷静な男である。しかし、そのときばかりは、さすがに動揺してうごけなくなった。布団の中で青年は白目をむいていた。両手を首のあたりに持ってきて、苦しげにもがいたような形跡があった。すでに事切れており、全身は硬直していた。唇の端から長い黒髪がたれさがっている。一本や二本ではない。無数の髪の毛が口の奥から外へ飛び出しているのだ。青年の口に大量の髪の毛が詰めこまれていた。歯の隙間という隙間にはさまり、舌の根元から巻きついている。宿の者を呼んで、大勢の野次馬たちの前で口の中の毛髪をひっ張ってみれば、ずるずる、ずるずる、ずるずると、青年の胃から大量の髪の毛が出てきたそうである。

四

「……と、こういう出来事があったわけだ」

友人は話し終えて長髪を撫でた。私は畳の上に目をこらす。よくさがせばあるのかもしれないが、ひとまず彼の抜け毛は見当たらない。

「それから、どうなったんです？」

「どうもこうもないよ。死体を連れて帰ってくるわけにもいかないから、その町で埋葬させてもらった。彼の身内になんと説明しようかと、そればかりかんがえていた。結論から言うと、彼にはもう身内がいなかったんだけど」

私は腕組みをする。

「だけど、先生、それは本当にあった出来事なんですか？」

「つくり話だと？」

「私をこわがらせようと、怪談をこしらえたのではないですか？」

「たしかにこの前の旅で、こわい話の収集ばかりやっていたけれど、これは本当の話だ。しらべてみるといい。その温泉地に行って宿の主人にでも聞いてみればおぼえているさ。死体を見て顔を蒼白にしていたから。そもそも、きみをこわがらせたところで、なんの得があるというのだ。むさくるしいだけじゃないか」

「そりゃあ、むさくるしいでしょうけど、人のこわがるさまを見るのはおもしろいでしょうが。それに、よくできたこわい話は、人の口から口へとつたわっていって、いつまでも残り続けます。自分のつくった話が、そうやってのこっていくのはおもしろそうです。さっきの話を私がどこかでしゃべって、みんなに言いふらすのを、先生は期待してるんじゃないですか？」

「きみが言いふらさなくとも、あの温泉地ではみんなが噂しあってる。あそこに湯治へ行ってきた者が、毛髪に殺された青年の話を持ち帰ってくるだろう」

「本当の話だとすると、なんとも残念です。ついに死人が出てしまいましたか。もっとも、これまで先生といっしょの旅で人が死ななかったほうが不思議なくらいですけど」

私は友人の旅に同行して何度も死にかけている。今、療養中であるのもそのせいだ。

「ところで今回は迷子にならなかったんですか？」

先生には迷い癖があった。まっすぐ目的地に到着することは稀である。かならずどこかで道を間違えてしまい、おもいもよらない場所へ出てしまう。山道で迷ったとおもったらいつのまにか無人島にいたこともあるし、茂みをかきわけたら他人の家の土間に出てしまったことさえある。そうかとおもえば、道に迷って闇雲にあるいているうちに、十日もかかるはずの場所を半日で移動していたこともある。

「もちろん、帰りで迷ったよ。大変だったんだ。一日に何度も道を間違えた。そのことはいつか話してあげよう。それにしても、一人で道に迷うというのは、さみしいものだな。旅には同行者が必要だとおもった。迷子の最中、荷物持ちが混乱しているのを見れば、不思議とこちらの心は落ちつくからね」

「道連れにされる身にもなってください」

「さっきの髪の毛の話なんだが……。実は、すこしだけ続きがあるんだ。彼を埋葬したあと、一軒目の温泉宿へ足を運んで、老婆を捜したんだよ」

「櫛の持ち主の婆あですね？　いたんですか？」

「いたよ。でも、奇妙なんだ。話が嚙み合わなかった。櫛の件をあやまろうとしたのだが、なんのことかよくわからないと言われてね」

「老人と話が嚙み合わないのは、よくあることです。老人というのはそういうもんです」

「いや、ちがうよ。どうやら、その老婆は櫛なんて最初から持っていなかったらしいんだ。いっしょに湯治へ来ていた孫娘もそう言っていた。さっきは割愛したけれど、老婆は孫娘を連れていたんだ。でも、その子も櫛なんてしらないという」

友人は、かんがえこむように顎《あご》をさわっていた。

私は彼の話をおもい出す。そういえば、老婆が櫛をなくしてこまっているところを、この友人は実際に見たわけではないのだ。その出来事は、同行者の青年が露天風呂で話して聞かせただけなのである。

「じゃあ、つまり、どういうわけです？」

「老婆が櫛をさがしていたのは、彼のつくり話だったんじゃないかとおもってる」

「は？」

「彼は嘘をついたんだ。そういう前振りをしておいて、そのあと、髪の毛におそわれる話と結びつけたかったのだろう」

「じゃあ、燃やした櫛はいったい……。たき火で燃やすところを見たんじゃないんですか？　半円形の古い櫛を……」

「あれは老婆のものではなかったんだ。きっと彼の持ち物だったのさ。旅に出発するとき、荷物の中に入れておいたのにちがいない。母親の死体から切りとった大量の髪の毛といっしょにね。そうなんだ、あの髪の毛は、母親のものらしいんだ。調べてみたんだよ。あいつはね、母親が死んだあと、死体から髪の毛をぶちぶちとひき抜いていたそうだ。近所の者が言ってたよ。そんな彼の姿を見たって。旅に出発するとき、その髪の毛を荷物の中いっぱいに詰めこんでいたというわけだ。部屋にちらばっていた髪の毛も、自分でばらまいたものだろうね。手の中に隠し持って、自分の目に入れたり、温泉に浮かべたりもしてみせたのだ。だから彼の死は、自殺だったんじゃないかっておもってる。母親の髪の毛を自分で口に詰めこんだんじゃないかって。なんでそんなことをしたのかって？　それはわからないよ。いや、やっぱり、わからない。そういうことにしておこう。しかしまあ、いつの日か、彼の死が立派な怪談として、人々のしるところになれば、彼も本望だろう」

友人はそう言うと、懐《ふところ》から小汚い日記帳をとり出した。いつも旅に持ちあるいているものだ。

「きみのひまつぶしになるかもしれないとおもってね」

日記帳を置いて彼は立ち上がり帰っていく。長髪の後ろ姿は、やはり女のようだった。馬の尻尾みたいに結んだ髪の束がゆれている。

彼がいなくなって日記帳をめくってみると、旅先で聞いたものとおもわれるこわい話が書き連ねられていた。百話もないだろうけれど、けっこうな数である。記録のための簡潔な文章が、よけいにひんやりとした気配をただよわせていた。

しばらく読んでいたら、紙と紙のあいだに、長い髪の毛がはさまっていることに気づいた。艶がなく、死体からひき抜いたもののようだった。なんとも気味悪かったので、人差し指と親指でつまみ、外に捨てようとした。そのときだ。風が吹いて、蛇が鎌首をもたげるみたいに髪の毛の一端がするりと持ち上がった。まるで生きているかのように、黒い糸のような毛髪は、手の甲に張りついた。こそばゆくもおぞましい感触に、あわてて手をふったが、なかなか離れようとしない。まるで女だ。女が嫌がって首をふりながらしがみついてくるようだ。その髪の毛は、ずるり、ずるりと、腕を這いのぼり、私の顔のところへやってくるような素振りを見せた。着物の袖《そで》から入ってくる寸前、もう一方の手でつまんで肌からひっぺがす。すると、あきらめたように力なく、だらんとたれさがり、風にのってどこかへ飛んでいった。いったいあれは、なんだったのか。きっと風のせいで、たまたま生きているように見えただけにちがいない、と私は自分に言い聞かせた。

「さあ、行こう」と少年が言った

一

その家に嫁いだのは私が十五のときである。夫は村の地主の長男で、田畑の行き帰りに私を見初めたそうだ。うちのような小作人の家とはちがい、男の住んでいる家は地主というだけあって立派なものだった。障子《しょうじ》で仕切られた部屋がいくつもあり、屋敷の裏には白壁の土蔵まである。父母と三人で稗《ひえ》や粟《あわ》をわけあっていた私が、そのような家へ嫁ぐことになり、両親はよろこんでいた。

夫の家には六人が住んでいた。夫とその両親、弟、妹、そして寝たきりの祖父である。最初のうちこそやさしくされたが、すぐに冷遇されるようになった。

夫の家は小作人に土地を貸して耕作させ、米や麦やそのほかの農作物を地代として徴収していた。はたらかなくてもその日のご飯が食べられるという身分である。昼間に舅《しゅうと》と夫と義弟《おとうと》はそろってよく出かけた。有力者の家に招かれあいさつに出向いていたのだ。そのため姑《しゅうとめ》と義妹《いもうと》とよく顔をあわせたのだが、私が嫁いだのをきっかけに二人は家のことをなにもしなくなった。縁側でおしゃべりに興じるだけで、私がすこしでも休んでいると、嫌みを言って私を責めた。

舅と義弟からもひどいことをされた。私のつくった食事を投げ捨てる。落ちたものを私に食べさせる。しかし、落ちたものでも口に入れられるものがあるだけその日はましだった。夫の家族が食事をしているとき、私は寝たきりの祖父につきっきりで口に粥《かゆ》を運ばなくてはいけない。それが終わってようやく私もなにかを食べられるのだが、たいていは鍋も釜もからっぽなのだ。しかたなく鍋の底にのこっていた汁をあつめて、釜にこびりついていた米をこそぎ落とし、口に入れて一度の食事とする。

夫もまた当初のやさしさを失った。夫の怒りだす理由はささいなことばかりで、たとえばお椀の置き方がちがうとか、着物のしまう場所がちがっているとか、ついには私がただそこにいるのが邪魔だとか言って罵《ののし》る。「おまえのような小作人の娘をもらってやったんだ。感謝しろ」というのが夫の口癖だ。口答えをしようものなら頬《ほお》が赤く腫《は》れるまでたたかれた。

勝手に外出することもゆるされず、父母が病にたおれたときもなかなか看病に行かせてもらえなかった。まず父が亡くなり、翌年に母も息をひきとった。近所の人から危ないと聞いてすぐにかけつけていれば看とることができたかもしれない。しかし「あんたがいなくなったらだれが祖父さんの下《しも》の世話をするんだい」と姑に言われてなかなか家を離れることができなかったのだ。

父母を弔ったあと、生家にのこされていたすくない持ち物を整理していると、母の大事にしていた帯が見つかった。それは母が特別なときにしか身につけなかったもので、いつか私にあげると話していたものだ。帯を手のひらでなでながら、やさしかった父母のことをおもい出して涙がこみあげた。

しかし、家にもどるなり私が大事に抱えているものを見て姑が「それはなんだい？」ととり上げる。義妹もやってきて、帯を目にするやいなや「あんたにはもったいないね。私がもらってやるよ」と言って自分のものにした。泣きながら夫に相談すると急に拳《こぶし》がとんできた。二度、三度となぐられて壁にうちつけられる。「おまえの分際で俺の母親と妹に口答えする気か」と夫は言った。

家からなかなか出られない私には話し相手というものがいなかった。子どものころからいっしょにあそんでいた女の子が近所に住んでいて、当初は生け垣越しに言葉を交わすことがあったのだが、その様子を見つけた義弟や舅が家事をさぼっていると私を罵り、友人のことまで悪く言いはじめたので縁が切れた。友人もまた小作農家の子だったので、地主一家に恨まれでもしたらいけないと、私から離れていったのだ。だれとも言葉を交わさない日々がつづいた。家に居場所がない私は、暇を見つけると裏の土蔵で一人、ほっと息をつくようになった。

その土蔵は、私がこれまでに見たどの建物よりも大きかった。父母と住んでいた小さな家ならばここにすっぽりと入ってしまうだろう。壁は真っ白な漆喰《しっくい》で、屋敷が火事になってもここだけは焼け落ちずにのこるだろうとおもわせる頑丈さがあった。中はうす暗く、箪笥《たんす》やら木箱やらがほこりをかぶってひしめいている。風呂敷につつまれた古い着物などがうずたかく積み上げられており、今にも崩れてきそうだ。片付けをするという名目で中に入って、すみっこにぼんやりと腰かける。姑や義妹もほとんどおとずれなかったので心が休まった。

嫁いできて五年目のことだ。夫とのあいだにはなかなか子どもができず、そのことで私へのあつかいはひどくなるばかりだった。そのようなある日、土蔵の錠前を外して中に入ったら、奥のほうから何者かの息を飲むような気配がつたわってきたのである。

「……だれ？」

泥棒でもひそんでいるのだろうか。こわごわと目をこらしていると、箪笥の陰から少年が顔を出した。

「ごめんなさい、すぐ出て行きます」

九つか、十か、そのくらいの年齢だろう。ほっそりした顔だちで、見ようによっては女の子のようでもある。着ているものは、ぼろではなく、それなりにちゃんとした綿だ。私は少年に近づいた。

「なにをしてたの？」

「ここを通りかかって、本を見つけたから、ながめていました」

窓が壁の高いところに開いており、そこから入るお日様が少年の足元を照らしていた。そこには紐《ひも》で綴《と》じられた紙の束が積んである。そのうちのいくつかが開かれていた。私は字が読めなかったので、どのようなことが書いてあるのかわからない。それにしても「ここを通りかかって」だなんて、おかしな言い方をするものだ。ここは蔵の中なのに。

「この本、なにが書いてあるの？」

一番上に積んであった本を手にとり私は聞いてみる。

「旅の本です。物見遊山《ものみゆさん》の旅へ出かける人のために、その心得が書いてあります」

「へえ、旅かあ」

家から出ることもままならない私には旅なんて縁のないものだ。

「あの、じゃあ、僕はもう行きます。勝手に入ってきてごめんなさい」

「あんた、どこから入ってきたの？　そっちに穴でもあいてるの？」

入り口はひとつしかない。そこには錠前がついており、私がさきほど鍵で外すまではしっかりと閉じていた。

「それが、僕にもよくわからないんです。むこうのほうからやってきたんですけど……」

少年は困惑するように奥を指さす。

「あるいてたら、迷子になっちゃって。いろんなところを、曲がったり、くぐり抜けたりしているうちに、ここを通りかかったというわけです。こまったものです。何歳になっても、迷子癖がなおらない……」

「なんだかよくわからないけど、まあいいよ。本が読みたかったら、いつでもここにおいで」

夫の家族以外の人に会えるのがうれしかった。だから私はそんなことを提案した。

「ありがとうございます！　もう一度、ここにたどり着けるかどうかが問題ですけど。道順をしらべておきます」

少年は目をかがやかせてそう言うと、土蔵の奥へとあるき出す。ならんでいる簞笥の狭い隙間にぐいぐいと小さな体を押しこんで、積み上がっている雑多なものをかきわけ、窓から入るお日様の明かりが届かない暗がりのむこうへと姿が消える。しばらくは物が押しのけられるような音が聞こえていたけれど、やがて静かになり、少年のいる気配もなくなった。荷物をかきわけて土蔵の奥を捜したけれど、少年はどこにもいなくなっている。外に出て、土蔵のまわりをぐるりとあるいたけれど、通り抜けられるような穴や、ひび割れなどは見あたらなかった。窓をつかったのだろうか。土蔵の窓には両開きの土扉が備わっているが、有事の際にしか閉めないらしく、普段は開け放してある。確かにそこなら出入りできそうだけど、窓は、のっぺりとした壁の高いところに開いている。梯子《はしご》をつかわなければ無理だろう。首をかしげていると、家のほうから姑の呼ぶ声が聞こえてきたので、少年のことが気にかかったけれど、土蔵のそばを離れることにした。

二

その後も少年はたびたび、土蔵に入りこんでは本をながめているようだった。姿は見かけなかったが、たしかにそこを訪れたという形跡がのこっていた。たとえば積み上がっている本の順番が入れかわっている。子どもが履く大きさの草履《ぞうり》の跡がある。木箱の上のほこりがぬぐわれていたのは、そこに腰かけたせいだろうか。少年が入りこむところを見た者はいなかった。夫や姑や舅たちが話題にもしていないということは、土蔵への侵入者にだれも気づいていないのだろう。私は少年のことをだれにも言わずにいた。夫たちが少年のことをしったら、勝手に入ったことを怒り、捕まえて役人に突き出してしまうだろう。それはあまりにかわいそうだ。

ある日、裏庭の掃除をして、さあ炊事場にもどろうと土蔵の横を通りかかったら、だれかの咳払いが聞こえてきた。漆喰の壁は分厚いけれど、開いた窓を通って音が聞こえてきたのだ。咳払いのしかたが夫の家族のだれともちがっていたので私はぴんときた。

鍵を持ってきて、できるだけ音をたてないように錠前を外し、こっそりと中をのぞいてみる。少年が地べたにあぐらをかいて本を広げていた。

「ねえ、あんた」

声をかけてみると、私にようやく気づいて立ち上がる。

「この前のおねえさん。また、入りこんで、ごめんなさい……！」

本を元の場所にもどし、土蔵の奥の暗がりへあるきだそうとする。

「ちょっと待って。教えて、あんたはいったい、どこから来たの？　この村の子？」

「いいえ、たぶん、ちがいます。僕の村には、こんな立派な土蔵はないもの。僕の家のは、もうすこし小さいし」

「あんたの家も、それなりに立派みたいだね」

開けたままにしていた入り口をしっかりと閉ざす。夫たちは出かけていたが、姑と義妹が家にのこっている。少年と話しているところを見られてはいけない。

「あんたが住んでる村はどこにあるの？」

「わかりません。ここよりずっと北のほうかも」

「なんでそうわかるの？」

「この季節、僕の住んでる村はもっと寒いんです。だけど、ここは土蔵の中でもずいぶんあたたかい。きっと、道に迷っているうちに南下してしまったのでしょう」

「ふうん、そうなんだ。あんた、ものしりなんだねえ。私、この村を出たこともないし、本も読めないから、なんにもしらないんだ。旦那にも、私は馬鹿だって、よく言われるもの」

私がはずかしそうにすると、少年は首を横にふる。

「ものをしらないということを、わるいことのように言うなんて、おねえさんの旦那さんは、よくない人だ」

私はすっかりおどろいてしまった。

「あ、ごめんなさい……」

少年はすまなそうな顔をする。

「いいよ、別に。でも、どうしてそうおもうの？」

「だって、おねえさんの旦那さんがいい人なら、そんなことを言う前に、文字の読み書きを教えて本を読めるようにしてあげるはずだよ。自分の無知をはずかしがらせるようなことはさせないはずだよ。そうせずに、ただ馬鹿にするだけなのは、よくない人だからだ」

「そんなこと言ったって、文字の読み書きだなんて、だれにでもできることじゃないよ」

「え、おねえさん、しらないの？　だれにだって、できることなんだよ？　この村に文字を教えてくれる先生はいなかったの？」

「お寺のお坊さんが教えてくれてたみたいだけど、家の手伝いがいそがしかったから私は教わらなかったんだ」

「ふうん、じゃあ僕が教えようか？」

私は戸惑った。自分が文字を理解し、本を読めるようになるだなんてこと、これまでかんがえもしなかったからだ。本というものは私にとって謎めいた箱のようなものだった。綴じられた紙の束にどのような知識がおさめられているのかわからない。本を開いてのぞいてみても、文字がごにょごにょと記されているさまは、わけがわからなくてなんだか不気味に見えた。

「おねえさんが、本を読めるようになるまで、僕、ここに足を運んであげる。寺子屋でつかわれてる本も、うまい具合にここにはそろってるから」

読み書きができるようにならなくてもいい。だけど、この少年とまた話をしたかった。夫やその家族は、私にいらだちしかむけてこないが、この少年はちがう。話をすると、温もりのようなものを感じる。

「私、あんたに読み書きを教えてもらいたい」

決心してそう告げると、少年は満足そうにうなずいた。

雑巾を絞って廊下を拭いていたら、義妹がわざわざ私の前にやってきて、腰に巻いてある帯を見せつけた。

「どう、この帯。私はね、そんなに好きじゃないんだけど」

義妹の腰に巻かれていたのは私の母の形見だった。抗議することはできない。夫とその家族を前にして私はいつもおどおどしていた。返事ができずにこまっていると、かがんで雑巾がけしている私の腰を蹴飛ばし、「この帯が似合ってるかどうかを聞いてんだよ」と義妹は言った。似たようなことが毎日おこる。ほかの日には、それが姑になったり、舅になったり、夫になったりする。私の心が安まるのは、少年に読み書きを教わっているときくらいのものだった。

夜明け前に布団をぬけ出し、真っ暗な中をあるいて土蔵へむかうことが定番になった。夫とは布団をならべて眠っているのだが、眠りが深いのか、私が少々の物音をたてても起きる気配はない。

土蔵の中で行灯をつけると、簞笥《たんす》や木箱が暗闇に浮かびあがる。少年は明かりのそばで私に文字の読み書きを教えてくれた。井戸から汲んだ水に指先をつけて、乾いた木の板に文字を書いてみせる。

少年は『千字文《せんじもん》』という本を開いて参考にした。その本には、子どもに漢字を教えるための詩が記されており、全部で一千字の漢字をおぼえることができるのだという。よくつかうであろう漢字を少年の判断で拾いあつめて、それがなにを示す文字なのかを私に教えてくれた。

土蔵での勉強のあと、布団にはもどらずに朝餉《あさげ》の支度にとりかかる。昼間に余裕ができると、土蔵から持ち出した『千字文』を、隠し場所の押し入れからひっ張り出してきて、少年に教わったことをわすれないように復習した。自分が読み書きできるようになるなんて、どうせ無理だろうとはおもう。でも、少年がたのしそうな顔をするから、それを見たくて熱心にはげんでいた。

いくつかの漢字を学び終えると、少年は『庭訓往来《ていきんおうらい》』という本をつかって指南するようになる。その本を書いたのは昔のお坊さんだと言われているが、ほんとうかどうかはわからないそうだ。往復書簡と呼ばれる手紙のやりとりされたものが記されているという。

「ほかにも『商売往来』とか『百姓往来』といった本が有名だよ。この『庭訓往来』には二十五通の手紙が載ってるんだけどね、たとえば花見の準備の話とか、司法制度に関する世間話とか、病気予防にはどうするのがいいとか、いろんな話が手紙のやりとりの中で交わされてるんだ。それを読んでるうちに知識が身について、たとえばこの国がどういう仕組みでうごいているのかが、なんとなくわかるってわけ。たくさんの単語と文例も学べるからね、これも寺子屋でよく読まれている本なんだ。この版はとくに挿絵つきだからたのしいよ」

少年が本を開いて見せる。行灯の明かりに照らされた紙をのぞきこむと、文字の避けた空白に小さな絵が描かれている。書いてある内容をあらわした絵のようだ。これはおもしろい。

少年のたすけを借りながら『庭訓往来』を読みはじめる。最初はやはり慣れなかった。あいかわらず文字がごにょごにょとしていてわけがわからない。でも、どこか見覚えのある漢字がいくつかあって、『千字文』で学んだ文字だと気づく。以前はどの文字も一様にわけのわからないものとして目に映ったが、今では意味のわかる漢字がそこだけ光って見えるような気がした。見知った友人のような顔つきで紙の上にちらばっている。挿絵のおかげで理解もしやすかった。たどたどしく、少年に質問をくりかえしながら、文字を目で追った。

『庭訓往来』の最初のほうに書いてあったのは新年の挨拶だ。この文章は一月に出された手紙の文面なのだろう。そう理解すると、頭の中に本の書き手の声で新年の挨拶が聞こえてくるような気がした。さらにつづく文章は、どうやら、新春の遊宴に誘う案内や、そこでおこなう遊びについての話のようだと推測する。

「わかるよ！　私、今、本を読んでるんだ！」

これまでは本の中に詰まっているものが私には見えなかった。しかし今、たちこめていた靄《もや》がうすくなったときのように、本のむこうがわの景色が見えるような気がした。

『庭訓往来』を土蔵から持ち出して、家事の合間に隠れて開くようになった。わからない文章は次に少年と会ったときに質問した。少年に相手をしてもらうためにはじめた勉強だったが、次第に文字を読むのがたのしくなってきた。

私には居場所がない。話し相手もいない。自由に外へ出ることもできない。

夫には無知と馬鹿にされ、夫の家族は私につらくあたる。

でも、本だけはやさしかった。

三

部屋に隠れて勉強しているとき、だれかの足音が聞こえてきたら、急いで本を隠してやりすごした。土蔵から勝手になにかを持ち出したとわかったら怒られるだろう。

少年の助けを得ながら『庭訓往来』を私は読みすすめた。しかし少年と交わす会話は読み書きのことばかりではなかった。夜明け前の暗い土蔵の中で、行灯《あんどん》にぼんやりと照らされながら、私は少年の素性を聞いてみた。

「お父さんの顔も、お母さんの顔も、僕は見たことがないんだよ。僕は、おじいちゃんとおばあちゃんといっしょに暮らしてる」

少年はためらいながら教えてくれた。

少年の家も地主でそれなりに裕福だという。しかし母親は、彼を産むときに死んでしまったそうだ。私は少年のことを不憫におもい抱きしめたくなった。私は子どもを望んでいたが、なかなかできずにいたから、そんなふうにおもったのだろう。

「お父さんのほうも、あんたが小さいときに亡くなったんだね？」

「それが、ちがうんだよ。生きてるのか、死んでるのかも、よくわかってないんだ。だって、僕のお父さんのことを、だれもしらないんだから」

彼の母親は未婚のまま子どもを身ごもっていたという。おなじ村のだれかが父親にちがいない、と普通はそうかんがえそうなものだが、どうも事情がちがうようだ。

「僕が生まれる前に、お母さんはね、神隠しにあったんだ」

「神隠し？」

「そうさ。天狗攫《さら》いとも言うよね」

「いや、しらないけど」

「天狗が子どもを攫って、何ヶ月か、何年かして、村にもどすんだよ。攫われているあいだ、子どもたちは天狗といっしょに空を飛んで、いろんな場所に連れて行かれるんだってさ。もどってきた子どもたちは、ほんとうにその場所に行かないとわからないようなことまでちゃんとしっているそうだよ。僕のお母さんも、神隠しにあったときは、まだ子どもみたいな歳だったって。お祭りの日に、友だちといっしょに手をつないで神社にむかってあるいていたんだ。でも、分かれ道にさしかかったところで、その友だちは、お母さんがいなくなっていることに気づいたんだって。つないでいたはずの手の中から、お母さんの手がいつのまにか消えていて、そのかわりになぜか団栗《どんぐり》と小石と鳥の羽根をにぎりしめていたそうだよ」

村の者が総出で近隣一帯を捜しまわったという。お祭りの日だったから外を出あるいていた人は大勢いた。いなくなった場所からどちらの方角にむかおうと、かならずだれかとすれちがうはずだった。しかし見た者はだれもいなかったという。

少女は三年後にもどってきた。屋敷の閉めきった障子の部屋に、いつのまにか座りこんで泣いていたそうだ。少女が屋敷に入るさまも、屋敷まであるいてくるさまも、だれも見てはいなかったらしい。

「もどってきたとき、お母さんは、だれもしらない言葉でしゃべっていたそうだよ。でも、すこしずつ、元の言葉をおもい出してきて、みんなと話せるようになったんだ。でも、神隠しにあっていた三年間のことを、お母さんはなんにもおぼえていなかった。

元の言葉をおもい出すにつれて、だれもしらないほうの言葉をわすれてしまって、それといっしょに、見聞きしたものまで頭から抜け落ちたみたい。きっと、ひどいことはされてなかったとおもうんだ。だって、もどってきたときのお母さんは、親に捨てられた子どもみたいな泣き方をしていたそうだもの」

少女は元の日々をとりもどし、はじめのうちはそれで一件落着かとおもわれた。しかし、日に日に少女のおなかが大きくなり、どうやら子どもを授かっているらしいとわかった。周囲の者は、父親はだれなのかと聞くが、少女自身、さっぱりわからない。やがて子どもが産み落とされ、出血が元で少女は命を落としたという。

「赤ん坊の僕を、おじいちゃんとおばあちゃんが育ててくれたんだ。でも、僕には迷子になる癖があってね、赤ん坊のとき、素っ裸の僕を布団の上に寝かせていたら、布団の皺《しわ》のあいだに埋もれて、見えなくなって、ふと気づくと、部屋の隅で泣いているってことが、よくあったらしいよ。まだ、寝返りもできないような時期だったのに」

「それは迷子って言うの……？」

「もしかしたら、神隠しにあったお母さんの血をうけ継いでいるのかもしれない。それとも、お母さんを攫った天狗が僕のお父さんなのかな。僕は鯖《さば》を食べられるけどね」

「鯖？」

「天狗は鯖が嫌いなんだ。だから、子どもが夜道をあるくとき、〝鯖食った、鯖食った〟って言いながらあるくと、神隠しにはあわないいんだよ」

「じゃあ、あなたは天狗の子じゃないってこと？」

「それはわからないけど。僕はきっと、お母さんのおなかに迷いこんだんだ。迷い癖のせいで、いつのまにかお母さんのおなかの中に入っちゃったんだよ」

「私、あんたの迷い癖に感謝してるよ。だって、あんたが道に迷って、ここに入ってこなかったら、私は読み書きがいつまでもできなかった。本に書いてあることがいつまでもわからなかった。そもそも、自分が本を読めるようになるだなんて、おもってもいなかった。だから、ありがとう」

　私がそう言うと、少年は照れくさそうにする。

「僕は、村に一人も友だちがいないんだ。みんな、こわがって、話してくれない。だから、おねえさんに会いに、ここへ来るのがたのしいよ」

「あんたにも、いつか、友だちくらいできるさ。たとえば、いっしょに道を迷ってくれる友だちくらいいね」

「そうかなあ？」

「きっと、そうさ」

　夜明けが近くなると、お話をやめて、少年は土蔵の奥へと消える。

私は炊事場にもどり、朝餉の支度をはじめる。

そのような、少年との交流は、ある日、唐突に終わった。

寝たきり状態の夫の祖父は、布団の中で、私が朝方に起きてどこかへ出かけていく気配を感じとっていたらしい。外に出たあと、しばらくもどってこない私のことを訝しんでいたようだ。あとからしったのだが、そのことを私の夫に告げて、夫はすぐさま私の不貞をうたがった。義弟といっしょに私の動向を探り、毎朝、夜明け前に土蔵へ入っていくことを突き止めたそうだ。

ある朝のことだ。行灯の明かりの中で少年から読み書きを学んでいたところ、突然に土蔵の入り口が開いて、夫と義弟が飛びこんできた。おどろいている私を夫は殴り飛ばし、義弟は逃げようとする少年をつかまえた。二人はてっきり私が裸で男の人とからみあっている姿を想像していたらしいが、つかまえた相手がまだ子どもであることをしって拍子抜けしたようだった。少年は義弟の手によって殴られ、はがいじめにされた。唇《くちびる》を切ったらしく、血が滴った。騒動を聞きつけた舅と姑、そして義妹が屋敷から出てきて、押さえつけられている少年を囲んだ。「こいつはだれだ」とか「なにがあったんだ」などと夫にたずねる。私は「ただ読み書きを教わっていただけです」と主張し、少年も「その通りです！」と言う。

「なにを盗むつもりだったんだ小僧！」

夫は少年のおなかを強く蹴った。少年は土蔵の地べたでくの字になってうめく。さらに幾度も蹴り上げ、踏みつぶし、骨の折れる音をさせて、最後にはぐったりとしてうごかなくなった。私は土蔵から出され、少年一人を中にのこして入り口に錠前がかけられた。

私は家の中で夫の家族全員から追及をうけた。読み書きをならっていただけなのだと説明しても信じてはもらえなかった。少年が泥棒であることを夫たちは確信し、「おまえはその手引きをしていたのだろう」と言ってきかない。真実を口にしても「嘘だ！　正直に言え！」と返されるだけだった。そのうちに舅が部屋から本を持ってきて「読み書きを勉強していたならこれが読めるはずだ。読んでみろ」と言った。私が冒頭の部分を、たどたどしいながら読んでみせると、「最初から字が読めたんだろう。読めないふりをしていやがったんだな？」などと言われる。私は泣きながら「ちがいます！　ちがいます！」と首を横にふりつづけたが四方八方から罵られ蹴られているうちに頭の中がぼうっとなってきて夫たちの言い分のほうが正しいような気がしてきた。そうでなければこのような仕打ちをうけるはずがない。私が怒られ強くぶたれているのはそれなりの悪いことをしていたからにちがいない。だんだんとそうおもうようになってきた。そのときだ。

「くそ！　逃げられた！」

わめきながら義弟が家の中に飛びこんできた。私は弁解に必死で気づかなかったのだが、いつのまにか彼はその場を離れて土蔵の様子を見に行っていたらしい。義弟の報告によると、地べたにころがされた少年が消えているという。

「馬鹿野郎、よく捜したのか？」

「ああ、もちろんだ。ここにもどってくるとき、入り口はしっかりと錠をかけたよな。あいつ一人を中に置いて、俺たちは出てきたはずだ。入り口は一個しかないから、どこにも行けるはずがない。滴った血の跡は、土蔵の奥のほうに続いていたんだ。簞笥の陰にでも隠れてやがるのかとおもって捜したが、どこにもいやしねえ。血の跡が点々と簞笥のあいだにつづいていて、何度か荷物の隙間をぐり抜けたところで、ふっと消えちまったのさ」

四

少年のことでしっているいることをすべて白状させられた。夫は少年を泥棒だと確信し、見つけ出して懲らしめるつもりだった。迷い癖のことも、生い立ちのことも、すべて話してしまった。閉ざされた土蔵の中をたまたま通りかかったという少年の不可解な話を、しかし夫は信じずに、私の気がふれたと言っておかしそうにしていた。

　私を泥棒の仲間として役人に突き出すかどうか夫たちは話しあったが、結局、世間体のことをかんがえてそうはしなかった。かわりに私は余計にひどいあつかいをうけることになった。「おまえは盗人の仲間だ。嫁いできたのも、どうせ金が目的だったんだろう？　これからおまえは、罪人とおなじようにあつかうぞ」などと言われ、それまでの境遇が贅沢におもえるほどの仕打ちをうけた。朝から晩まではたらかされ、なにも失敗していないのに叱責をうける。たたかれたり、蹴られたりするのはいつものことで、痛みのせいでうずくまっていると、「いつまでそうしているんだ」とよけいに拳がとんでくる。私につかう薪《たきぎ》はないと言われ、お風呂のかわりに冷たい水をかけられた。唯一、そうした仕打ちをうけないのは、来客のあった日だけだ。遠方からやってきた偉い人に、その日だけは姑や義妹がお茶を出す。全員がにこやかな顔つきで廊下をあるく。しかし客が帰ると、鬼の形相になる。

　夜になると、家の奥まった場所にある小さな物置に押しこめられ、布団もないところで眠らなくてはいけなかった。行灯もなければ、窓もないため、自分の手さえ見えないほど暗い。なかなか寝付けないとき、少年に教わった漢字を一個ずつおもい出して頭の中でならべてあそんだ。不思議と泣きはしなかった。怪我を負った少年が、土蔵から逃げ出したとわかったとき、安堵で涙を流したのが最後だ。それ以来、ひどいことをされても涙はこぼれなかった。暴力をうけているときも、痛くてかなしいはずなのに、そういう自分を数歩離れたところからながめているかのように、なにもかもどうでもよかった。歯が欠け落ち、義弟や舅の手によって裸にされても、私はそのような私を静かに見つめることができた。

「やっぱり小作人の娘なんかもらうんじゃなかった。家の中がくさくてたまらん。次はよいところのお嬢さんをもらうことにしよう。おまえはそのとき邪魔だから、俺の体裁がいいように、風邪かなにかで死んだことにして埋めてやるからな」

夫が私の耳元にささやいたけれど、どこか遠いところで音がしているというくらいにしか感じなかった。かといって、心が死んでしまったわけでもなさそうだ。土蔵にある本のことをおもい出すと、読みたくて読みたくてしかたない。鍵は隠されて、もう私は土蔵に入れなくなった。『庭訓往来』は読みかけのまま取り上げられている。このままでは、せっかく学んだ読み書きをわすれてしまいそうでこわかった。

水仕事の最中、姑や義妹の目を盗んで、指先に水をつけ、乾いた場所に文字を書いた。学んだ漢字をおぼえておこうとしたのだ。そんなとき、少年と交わした話をおもい出す。私は彼に言った。

「字を書く練習なんかしなくていいよ。読むほうだけでいい。本を読めれば充分だ。私が字を書けるようになったところで、いったいなんの得があるの？」

少年は返事をする。

「だめだよ、おねえさん。いつか、おねえさんが、だれかに手紙を出したくなったとき、こまるじゃないか。書くってことはね、心におもったことを、だれかに伝えることなんだ。だから書けるようになっとかないと」

心におもったことを、だれかに伝える？

でも私には、伝えるべき相手もいない。

伝えるべき心もなくなりつつある。

それでも私は、夫の家族が見ていないところで、指先で文字を書く練習をした。

私はこのまま、いたぶられて死ぬのにちがいない。でも、せめて学んだことをわすれないようにしたかった。そうすれば、少年に感じたやさしさみたいなものをあの世まで持っていけるような気がした。それなら死ぬのだってこわくない。

日を追うごとに体が弱っていった。まだそんな年齢でもないのに髪が白い。食事もほとんどあたえられず、空腹と、暴力による痛みとで、なかなか寝付けずに、暗闇の中で文字をおもいうかべて、そのうちに眠りにつく。いや、眠るというよりも、気絶に近い。夢は見なかった。そのような、いつもの晩のことだ。人の気配がして、私は眠りからさめた。押しこめられている物置の引き戸がそっと開けられる。だれが来たのかと、横たわったまま暗闇に目をこらしていたら、声が聞こえてきた。

「おねえさん、こんなところにいたの。捜したんだよ、広いおうちだね。廊下を曲がるたびに、迷ってしまって、何度も遠いところに出ちゃったよ」

姿は見えなかったが、声だけで、だれなのかがわかった。言葉が出てこなくて、息がつまった。それに、長いこと、声を発していなかったから、舌がうごかない。いや、これは、夢かもしれない。それとも、ついに私は死んでしまったのだろうか。

手首をつかまれる。少年の手だ。

「おそくなってごめんね。怪我が治るまで、来られなかったんだ。土蔵の入り口が閉まってるからね。荷物を積み上げて、窓を越えてくるのは大変だったんだよ」

少年にひっ張られて起こされる。

「さあ、行こう。僕がどこまでも、手をひっ張っていくから、おねえさんは、ただついてくればいい。真っ暗だけど、こわがらないで。僕は人よりも、夜目がきくんだ」

立ち上がり、ぎいぎいと廊下を軋ませながら、少年に手をひかれてあるいた。夫やその家族が気配に気づいて起きてくるのではないかと心配だった。

さあ、行こう。

少年にそう言われて、この家から逃げ出すという選択があることにようやく気づいた。私は馬鹿だ。どうしてもっとはやくに、自分の意思で、そうしなかったのだろう。この家に養われなければ生きていけないという、甘ったれた気持ちが心のどこかにあったのだろうか。それとも、いつしか心が屈服してしまい、従わなければもっとひどい目にあうというおそれから、かんがえもしなかったのだろうか。

「あれえ、迷っちゃった」

廊下を何度か曲がったとき、少年の声で周囲の変化に気づく。あいかわらず周囲は真っ暗だったが、今いる場所が家の中ではないとわかる。足の裏はごつごつして岩の上に立っているかのようだ。湿った冷たい風が通り抜け、無数の鼠《ねずみ》のようなきいきいという鳴き声が聞こえてくる。

「ここは洞窟の中みたいだね。この声は蝙蝠《こうもり》かな?」

いつのまに外へ出たのだろう。足になにも履いていなかったので、とがった石を踏んでしまい痛くなる。このままあるきつづけられるだろうか、とおもっていたら、今度は足裏に枯れ葉の層をふむようなやわらかい感触がある。

あいかわらず周囲は暗かったが、頭上に星の瞬きが見えた。もう私たちは洞窟の中にいない。ここは森の中だ。木々が茂っており、枝葉の影が夜空を縁取っている。混乱しながらも納得する。これが少年の話していた迷い癖というものだろう。

もう自分がどこにいるのか全然わからない。少年自身もよくわかっていないらしい。しかし私の胸に不安はない。それ以上に安堵のほうが強かった。あるきはじめて間もないが、あの家はもうずいぶん離れたところにあるのではないか。そうかんたんには、追ってこられないほど遠くに。

「きれいな星空だねえ」

少年の言葉に私はうなずいた。

月と星の明かりで、ぼんやりと、少年の輪郭も見える。

「もっと安心なところに行こう。ここはきっと、山の中だ。熊が出るかもしれない」

私たちは森の茂みをくぐり抜けた。枯れ葉を踏みながらあるいていると、足裏に今度は砂の感触がある。一歩すすむたびに砂が足をつつみこんでくすぐったい。

「ほら、見て、空が明るくなってきたよ」

耳に聞こえるざわざわした音が、波の音だということに、最初のうちは気づかなかった。私は海を見たことがなかったのだからしかたない。私たちは海辺の砂浜をあるいていた。薄闇の中ではじめて目にした海の、あまりの広さにおそろしくなって足から力が抜けた。

雲のむこうが明るくなり、水平線からお日様が見えてくる。私と少年の顔をまぶしく照らし出した。海も、波も、砂浜も、人の話でしか聞いたことがなかった。それが今、目の前に、ずっと遠くまで広がっている。

急に心細くなった。この世はほんとうに広い。どこまで行っても果てがない。こんなところに、たった一人で放り出されて、はたして生きてゆけるのだろうか。夫の家にもどって謝ったほうがよいのではないか。

　いや、もう、あそこにはもどらない。不安で縮こまっている自分の心を叱咤激励する。だいじょうぶだ、どんなにつらくとも、あの家よりはきっとましだから。

　ふたたびあるきはじめると、ほどなくして町に迷いこんだ。神社仏閣がいたるところにあり、様々な建物を見ることができた。少年がどこからか草履《ぞうり》を調達してくれたので、ずいぶんあるきやすくなった。少年はさらに迷いつづけて、火山の噴火口あたりをあるくはめになったり、巨大な動物の体内のような肉壁につつまれた場所をさまよったりした。道を曲がったら馬小屋に出てしまい、橋を渡ればどこかのお城の厠《かわや》に出てしまう。町外れの階段を上がった先は、職人が完成させたばかりの木箱の中につながっていた。私はその日だけで一生分の風景を目にした。天狗に攫われて空を飛び、様々なところに連れて行かれたという、神隠しの子どもになったような気分である。

　しかし、いつまでも旅がつづけられるはずもなく、あっけなく少年は私の前から消えた。

　川沿いの土手をあるいているときだ。

「あ、いけない。もう帰らないと、おじいちゃんに怒られちゃう」

　そう言った直後、少年は足をすべらせて、土手の斜面をすべり落ちてしまった。土手の下は一面のススキである。綿のようにふさふさしたものをつけた穂が西日をうけてかがやいていた。少年は「わー！」と叫びながらススキの茂っている中にごろごろと転がっていき見えなくなった。私はその様子におもわずわらってしまう。おかしさが通りすぎてしまうと、あたりはしんと静かになった。少年がススキをかきわけて出てくるのを待つ。鈴虫が、さびしげに鳴いていた。いつまでたっても少年は姿を見せなかった。呼んでも返事はない。私を残してどこかへ行ってしまった。土手をおりて捜しても少年の気配はなく、ただ黄金にかがやくススキの穂が四方八方で風にゆれていた。

五

『庭訓往来』をつかって子どもに読み書きを教えていると、夫が大工仕事からもどってくる。夫の顔を見て、子どもが、はじけるような笑顔で飛びついた。今日の読み書きの勉強は、これで、おしまいにしよう。

長屋の炊事場で夕飯の支度をする。米を研いで、釜で炊いていると、夫と子どものあそんでいる声が聞こえてきて、幸福な気持ちになった。

今の夫はやさしく、大工の仕事がなによりもたのしいという人だ。お酒をのまないので、浮いたお金で私に本を買ってくれた。私たちのような庶民が本などという高価なものを買えるだなんて嘘みたいである。なんの本がいいかと言われたので私は『庭訓往来』をえらんだ。それまでにも寺子屋にたのみこんで何度も読ませてもらってはいたが、自分の所有物として本を持ったのはそれがはじめてだった。

まるで夢のようだとおもう。もしかすると、私は今もまだ、昔の夫の家にいて、窓のない物置で眠っているのではないか。そのうちに引き戸が荒々しく開けられて、夫たちが顔を出し、私は夢から覚めるのではないか。しかし、あれから十年以上すぎたけれど、この幸せがおしまいになる様子はない。

子どもと手をつないで散歩に出かけると、かならず、ススキの広がっている土手でひと休みをする。子どもがはしりまわっているのをながめながら、ずっと昔に少年の消えたあたりにたたずむ。そこで待っていれば、あの少年が、またひょっこりと顔を出すような気がしてならなかった。

少年が土手をころがり落ちて消えてしまったあと、日が暮れてこまった私は、家の明かりを目指してとにかくあるいた。ほとんど行き倒れの私を、通りかかった村の人がたすけてくれた。大勢の人がはげまし、親切にしてくれた。仕事を紹介してくれたり、住むところをさがしてくれたり、当時、世話になった人とは今も関係が続いている。私は、なにもおぼえていないふりをして、以前の名前も捨てて、まったくあたらしい私になった。かつての自分の境遇や、少年のことを話した相手は、唯一、今の夫だけである。彼は私のことをすべてしった上で、家族になってくれたのだ。

鈴虫の声を聞きながら、ススキをながめていると、子どもがかけよってきて、足にくっついて笑顔を見せる。

「おかあさん、もう、かえろ」

子どもがそう言って、私はようやく、その場所から立ち去ることができた。

今ではもう、すらすらと文章が読み書きできる。様々な本に目を通し、興味のあることを自由に勉強できた。地理のことを学ぶ過程で、今の自分が住んでいる地域と、以前に住んでいた地域との位置関係をしった。とても一日で移動できるような距離ではない。これだけ離れているのなら、もう夫やその家族とは無縁だろう。彼らがそのあとどのような人生を送ったのかに興味はない。うらまなかったといえば嘘になるが、もう関わり合いになりたくなかった。

歳をかさねるごとに、少年のことがおぼろげになりつつある。はたしてあれは、ほんとうにあった出来事なのだろうかと、本を読み世間一般の常識を身につけると逆にうたがわしくなってくる。そんな自分がいやで、年に何回か、少年にあてて手紙を書くことがあった。いかに自分が感謝しているのかを文面につづる。少年の言ったことは正しかった。たしかに、文章の書き方を学んでおいてよかったとおもう。しかし、その手紙をどこに送ればいいのかわからない。少年の素性を聞いたとき、住んでいる村の名前を聞いたけれど、それがどの地域にあるのか、いつまでもわからないままだった。結局、書きためた手紙は、長屋の狭い家にたまっていった。そのような、ある日のことだ。

騒々しく、活気に満ちた通りに、その貸本の店はあった。次はどんな本を読もうかとかんがえていると、一冊の本が目に入る。『道中旅鏡《どうちゆうたびかがみ》』という題名の旅本だ。旅本というのは、これから物見遊山《ものみゆさん》の旅に出かける人のための指南書のようなものである。それを手にとってながめていたら、男の人に声をかけられた。

「奥さん、その折り本、借りるんですか？」

私よりもずっと若いが、どんよりとした目の、不健康そうな男だった。無精髭も生えており、なんだか酒臭い。

「いいえ、なんとなく、手にとっただけです」

旅本を元の場所にもどそうとしたら、男がすまなそうに頭を下げる。

「そうですか。気になったもので、つい、声を。その折り本をつくるのに、私もちょっとだけ関わっているものですから」

「関わっていた？」

「私はね、そいつを書いた人の荷物持ちなんです。その本の作者は、実際に温泉地に出かけていって、効能やらその地域の名産品なんかを本に書いているんですがね、私は、いっつもそれに付き合わされているのです。実は今も旅の途中でして、まあせっかくなんで、この地方の貸本屋にも、蠟庵《ろうあん》先生の本が置いてあるのかどうか見に来たというわけなんです」

本に記されている作者の名前を確認する。

「そいつは偽名らしいですよ。本名は別にあるとか。蠟庵先生はねえ、やっかいな人なんですよ。だから、旅の同行者がなかなかおらんのです。それで、私に声がかかるってわけです」

本の作者というのは、私にとって、雲の上にいるような方である。そのような人と知り合いだなんて、この男がうらやましかった。

「まあ、人間としては、すばらしい方ですよ。その点は尊敬しているんです。でも、蠟庵先生には、迷い癖があるからなあ……」

男のぼやきを聞いて、耳をうたがう。

迷い癖と、確かにこの男は口にした。

「先生は、道に迷う天才なのです。地図をしっかりと見て、道をたしかめながらあるいているのに、なぜか気づくと川の中州に閉じこめられているのです。まっすぐの道を延々とあるいていたのに、いつのまにか最初にいたところまでもどってしまうのです。蠟庵先生に連れられて、私はいろんなところに迷いこみました。なにもかもが人間の顔に見えてしまう村、死んだ人に会える温泉地、鬼が出るという噂の村とかね。あそこは桜がきれいだったなあ。それから、火山の火口付近をあるかされたこともありましたし、巨大な動物の体内のような、やわらかい肉の壁に囲まれたところも通りましたっけねえ。……奥さん、どうかしました？」

他人かもしれない。迷い癖のある人が、ほかにいるのかもしれない。手の中の旅本に目をむけて、あらためて作者の名前をじっと見る。

「この方に、お会いすることはできませんか？」

「どういうわけで……？」

「ずっと以前、もしかしたら私と彼は、友だちだったのかも」

男は狐につままれたような顔をする。

言葉が、胸の内側に、あふれてくる。それを、だれかにつたえたいとおもうのは、心が死んでないからだ。生きているから、きっと、言葉があふれ出す。私は生きている。

「ここにいれば、すぐに会えますよ。だって、蠟庵先生とは、ここで待ち合わせしてるんですから」

男はそう言うと店を出て、通りの先に目をむけた。

「あ、ほら、噂をすれば。先生がいらっしゃいました。あの髪の長い人がそうです」

私も外に出て、男が指さすほうを見た。人が大勢、行き交っている道の、ずっとむこうに、長髪の人があるいている。まだ遠いから顔立ちはよくわからないが、言われなければ女性だと間違っていたかもしれない。どうやらこちらにむかってくるようだ。

「蠟庵先生！」

男が手をふる。声が聞こえたのか、蠟庵先生とやらは立ち止まり、こちらにむかって片手を優雅にあげた。行き交う人々の上にお日様がふりそそいでいた。整備された街道を大勢があるいている。これから旅に出る者。旅からもどってくる者。ほんとうにいっぱいの人がいる。私の耳から町の喧噪が遠くなり、その人の輪郭だけがはっきりと見えた。きっとあの少年だ。私に「さあ、行こう」と言ってくれた少年に間違いない。しかし、そのときだ。右からきた人と、左からきた人が、彼の姿に重なってすれちがう。

「あ……」

私の隣で男が声を出す。蠟庵先生と呼ばれていた人の姿がなくなっていた。まるで煙のように消えてしまったのである。男がため息をついた。

「またこれだ。先生の悪い癖が出てしまったようです。今ごろ山奥か、それとも原っぱか……。しかたない、ここでしばらく待ちましょう。そのうちに迷子からもどってきて、ひょっこりあらわれるでしょう。今度はどこに行ってきたのか、あとでその話が聞けるかもしれません」

私はうなずく。そして、彼の消えたあたりを、いつまでも見つめた。

解説

千《せん》街《がい》晶《あき》之《ゆき》

本書『エムブリヲ奇譚《きたん》』は、『死者のための音楽』（二〇〇七年）に続く山白朝子《やましろあさこ》の第二短篇集として、二〇一二年三月にメディアファクトリーから刊行された。

山白朝子とは、ある有名作家の別名義である。その正体は今では周知の事実だが、ここでは伏せておくこととする。その作家が山白朝子名義で執筆を始めた事情については、『死者のための音楽』角川文庫版の東雅夫氏による解説を参照していただきたい。

『死者のための音楽』が、それぞれ独立した、時代も設定もバラバラな作品を収録した怪談集だったのに対し、本書は連作短篇集である。とはいえ、本書も前作同様に怪談短篇集であることに変わりはない。収録作「エムブリヲ奇譚」「ラピスラズリ幻想」「湯煙事変」「〆」「あるはずのない橋」「顔無し峠」「地獄」「櫛《くし》を拾ってはならぬ」「『さあ、行こう』と少年が言った」は、怪談専門誌《幽》の八号（二〇〇七年十二月）から十六号（二〇一一年十二月）まで連載されたものであり、和泉蠟庵《いずみろうあん》と耳彦《みみひこ》というコンビがレギュラー人物として登場する。

和泉蠟庵は今で言う旅行ガイドブックにあたる旅本の作者だが、一本道でも迷うほどの稀代《きたい》の方向音痴。博打《ばくち》好きな耳彦は多額の借金を肩代わりしてもらったという恩から、和泉蠟庵の荷物持ちとして同行している。そんな彼らが旅先で邂逅《かいこう》したり、耳にしたりするのは、死なない胎児、持ち主に何度も人生を繰り返させる石、死者と出会える温泉、あらゆるものに人間の顔が浮かび上がる村、渡ると戻れない幻の橋、耳彦を死んだ筈《はず》の男だと信じ込む人々、残虐な山賊一家、どこからともなく現れる長い髪など、さまざまな不思議な事件や現象であった。

和泉蠟庵と耳彦はレギュラー人物とはいっても、作品ごとに出来事への関与の度合いはまちまちで、当事者となる場合もあれば傍観者である場合もある。しかし、怪異に遭遇してもヒーロー的にそれを解決するわけではなく、常に巻き込まれる立場にある点にこのシリーズの特色がある。怪奇小説における主人公コンビのありようとしては、津原泰水《つはらやすみ》の『蘆屋家《あしやけ》の崩壊』（一九九九年）に始まる「幽明志怪シリーズ」に登場する猿渡と伯爵に近い。

本書で描かれる怪異には、江戸期の怪談や、更に遡《さかのぼ》って『今昔物語集』や『宇治拾遺物語』といった中世の説話文学を彷彿《ほうふつ》させるテイストがある。かと思えば、トビー・フーパー監督『悪魔のいけにえ』（一九七四年）を想起させるスプラッター・ホラーもある。また、年代や場所を特定させる単語は慎重に排除されており、登場人物の言葉遣いも現代的だ。時代小説でありながら敢《あ》えて設定を曖昧《あいまい》化し、現代の読者にも内容を身近に感じられるようにしている工夫が斬新《ざんしん》である。

作中の出来事は、時には不気味、時には純粋に不可解なものだ。しかし著者の本領は、それらの現象を触媒として炙《あぶ》り出されるさまざまな人間の情念の描出にある。いや、触媒となるのは不可思議な現象ばかりではなく、作中人物の善良さや純粋さ、あるいは邪悪さもそうであり、それらに触れることで読者の感情は激しく揺さぶられることになる。著者は別名義のほうで「切なさ」を描く作家であるとよく評されるが、この切なさという感情にも多様なグラデーションがあることが本書からも伝わってくる。ダークな物語が多い本書の場合、読者の中に喚起されるのはむしろやりきれなさと呼ぶべき感情かも知れない。

収録作の多くで語り手を務める耳彦が、ありがちな善人ではなく（かといって悪人でもないが）、博打に溺《おぼ》れるなどの弱さを持つ人物であることも、本書のやりきれない味わいを強調している（和泉蠟庵が、捉《とら》えどころのない超越的なキャラクターとして描かれているのと対蹠《たいしょ》的だ）。「〆」や「あるはずのない橋」は、非常時において人間の心に芽生えるエゴイズムと、ふと我に返った時に湧く悔悟の痛みを残酷に描いてみせている。また、超自然的な怪異が唯一描かれない「地獄」が、本書の中で最もおぞましい物語となっているのは、人間自体も恐怖の対象として、怪異と並列的に捉えられていることを示しているのだろう。本書においては、人間も化生《けしょう》も、現世も異界も、すべては分かち難く共存しているのだ。そのような世界観においては、最後の「『さあ、行こう』と少年が言った」で描かれているように、和泉蠟庵もまたミステリアスな余韻を残す存在として造型されているのである。

さて、このシリーズの短篇は本書収録作以外にも、《幽》およびその姉妹誌《冥Mei》（現在休刊）に発表されており（その中では、本書に登場したある人物も旅の仲間に加わっている）、二〇一六年三月に『私のサイクロプス』というタイトルで刊行される予定である。このシリーズが今後も著者のライフワークとして書き継がれることを期待したい。

本書は、二〇一二年三月にメディアファクトリーより
刊行された単行本を文庫化したものです。

エムブリヲ奇譚《きたん》

山白朝子《やましろあさこ》

平成28年 3月25日 初版発行
令和7年 7月10日 8版発行

発行者●山下直久

発行●株式会社KADOKAWA
〒102-8177 東京都千代田区富士見2-13-3
電話 0570-002-301(ナビダイヤル)

角川文庫 19653

印刷所●株式会社KADOKAWA
製本所●株式会社KADOKAWA

表紙画●和田三造

ISBN978-4-04-103716-4 C0193

角川文庫発刊に際して

角川源義

第二次世界大戦の敗北は、軍事力の敗北であった以上に、私たちの若い文化力の敗退であった。私たちの文化が戦争に対して如何に無力であり、単なるあだ花に過ぎなかったかを、私たちは身を以て体験し痛感した。西洋近代文化の摂取にとって、明治以後八十年の歳月は決して短かすぎたとは言えない。にもかかわらず、近代文化の伝統を確立し、自由な批判と柔軟な良識に富む文化層として自らを形成することに私たちは失敗して来た。そしてこれは、各層への文化の普及滲透を任務とする出版人の責任でもあった。

一九四五年以来、私たちは再び振出しに戻り、第一歩から踏み出すことを余儀なくされた。これは大きな不幸ではあるが、反面、これまでの混沌・未熟・歪曲の中にあった我が国の文化に秩序と確たる基礎を齎らすためには絶好の機会でもある。角川書店は、このような祖国の文化的危機にあたり、微力をも顧みず再建の礎石たるべき抱負と決意とをもって出発したが、ここに創立以来の念願を果すべく角川文庫を発刊する。これまで刊行されたあらゆる全集叢書文庫類の長所と短所とを検討し、古今東西の不朽の典籍を、良心的編集のもとに、廉価に、そして書架にふさわしい美本として、多くのひとびとに提供しようとする。しかし私たちは徒らに百科全書的な知識のジレッタントを作ることを目的とせず、あくまで祖国の文化に秩序と再建への道を示し、この文庫を角川書店の栄ある事業として、今後永久に継続発展せしめ、学芸と教養との殿堂として大成せんことを期したい。多くの読書子の愛情ある忠言と支持とによって、この希望と抱負とを完遂せしめられんことを願う。

一九四九年五月三日

角川文庫ベストセラー

遠野物語 remix　京極夏彦　柳田國男

山で高笑いする女、赤い顔の河童、天井にぴたりと張り付く人……岩手県遠野の郷にいにしえより伝えられし怪異の数々。柳田國男の『遠野物語』を京極夏彦が深く読み解き、新たに結ぶ。新釈〝遠野物語〟。

ふちなしのかがみ　辻村深月

冬也に一目惚れした加奈子は、恋の行方を知りたくて禁断の占いに手を出してしまう。鏡の前に蠟燭を並べ、向こうを見ると――子どもの頃、誰もが覗き込んだ異界への扉を、青春ミステリの旗手が鮮やかに描く。

ユージニア　恩田陸

あの夏、白い百日紅の記憶。死の使いは、静かに街を滅ぼした。旧家で起きた、大量毒殺事件。未解決となったあの事件、真相はいったいどこにあったのだろうか。数々の証言で浮かび上がる、犯人の像は――。

夢違　恩田陸

「何かが教室に侵入してきた」。小学校で頻発する、集団白昼夢。夢が記録されデータ化される時代、「夢判断」を手がける浩章のもとに、夢の解析依頼が入る。子供たちの悪夢は現実化するのか？

フリークス　綾辻行人

狂気の科学者J・Mは、五人の子供に人体改造を施し、〝怪物〟と呼んで責め苛む。ある日彼は惨殺体となって発見されたが!?――本格ミステリと恐怖、そして異形への真摯な愛が生みだした三つの物語。

角川文庫ベストセラー

殺人鬼 ――覚醒篇　綾辻行人

90年代のある夏、双葉山に集った〈TCメンバーズ〉の一行は、突如出現した殺人鬼により、一人、また一人と惨殺されてゆく……いつ果てるとも知れない地獄の饗宴。その奥底に仕込まれた驚愕の仕掛けとは？

殺人鬼 ――逆襲篇　綾辻行人

伝説の『殺人鬼』ふたたび！　……蘇った殺戮の化身は山を降り、麓の街へ。いっそう凄惨さを増した地獄の饗宴にただ一人立ち向かうのは、ある「能力」を持った少年・真実哉！　……はたして対決の行方は?!

Another (上)(下)　綾辻行人

1998年春、夜見山北中学に転校してきた榊原恒一は、何かに怯えているようなクラスの空気に違和感を覚える。そして起こり始める、恐るべき死の連鎖！名手・綾辻行人の新たな代表作となった本格ホラー。

深泥丘奇談《みどろがおかきだん》　綾辻行人

ミステリ作家の「私」が住む〝もうひとつの京都〟。その裏側に潜む秘密めいたものたち。古い病室の壁に、長びく雨の日に、送り火の夜に……魅惑的な怪異の数々が日常を侵蝕し、見慣れた風景を一変させる。

深泥丘奇談《みどろがおかきだん》・続《ぞく》　綾辻行人

激しい眩暈が古都に蠢くモノたちとの邂逅へ作家を誘う。廃神社に響く〝鈴〟、閏年に狂い咲く〝桜〟、神社で起きた〝死体切断事件〟。ミステリ作家の「私」が遭遇する怪異は、読む者の現実を揺さぶる――。